KEY·可以文化

唐颖作品

通往
魔法之地

Road to
the
Enchanted Land

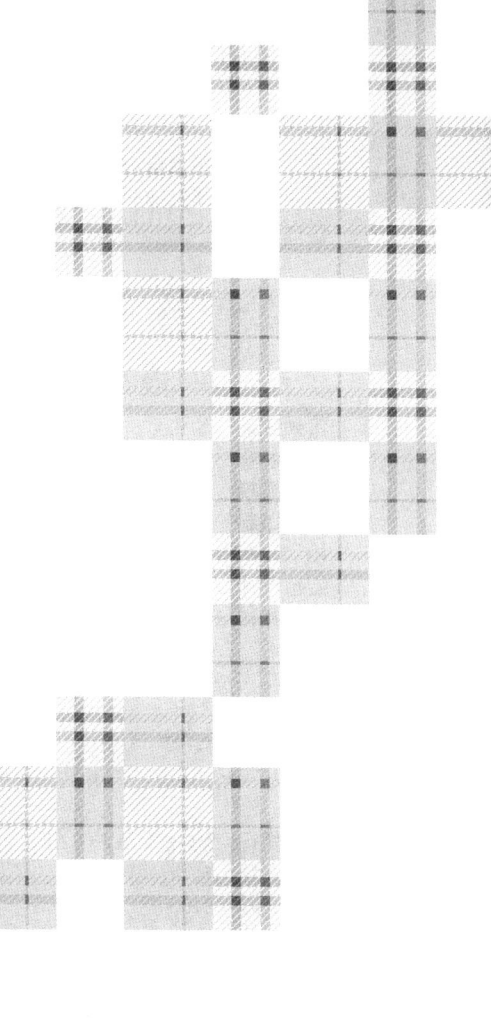

唐颖
Tang Ying

著

浙江文艺出版社

图书在版编目（CIP）数据

通往魔法之地 / 唐颖著. — 杭州：浙江文艺出版社，2025.6. — ISBN 978-7-5339-7931-7

Ⅰ.I247.5

中国国家版本馆CIP数据核字第2025EE0800号

策划统筹	曹元勇
责任编辑	张苇杭
营销编辑	耿德加　胡凤凡
责任印制	吴春娟
校　　对	李子涵
装帧设计	洪嘉蔚
数字编辑	姜梦冉　诸婧琦

通往魔法之地
唐颖　著

出版发行	浙江文艺出版社
地　　址	杭州市环城北路177号
邮　　编	310003
电　　话	0571-85176953（总编办）
	0571-85152727（市场部）
印　　刷	上海盛通时代印刷有限公司
开　　本	880毫米×1230毫米　1/32
字　　数	161千字
印　　张	8.5
插　　页	1
版　　次	2025年6月第1版
印　　次	2025年6月第1次印刷
书　　号	ISBN 978-7-5339-7931-7
定　　价	52.00元

版权所有　侵权必究

一

清晨五点的荷兰阿姆斯特丹史基浦机场候机大厅空空荡荡，只有一排排雪白的塑料椅子。这些椅子尺寸小椅背低，扶手和椅子长在一起，每一张椅子被扶手死死隔开——没人性的塑料白椅子让我崩溃！我困倦得睁不开眼睛，却无法在成排的空椅子上躺下来。

我将在不同国家的天空度过三十小时。当然，不完全在天空上，差不多一半时间是在机场转机中等待，光是飞机就转了三部。先从美国中部小机场到芝加哥机场，飞行时间五十分钟，转机等了六小时，包括延误的三小时。接着从芝加哥到阿姆斯特丹，飞行时间十二小时。再接着，从阿姆斯特丹转机去爱丁堡，航班在六小时之后，虽然航程才两小时。

去爱丁堡的航班等候区只有一个人，一个熟悉的背影，他正是前面航班与我紧邻而坐的乘客，三十多岁的白人男子。看到他我禁不住打了个冷战。

此人皮肤格外苍白，戴着眼镜，眸子有些阴沉，整个航程中像座雕像，不吃不喝不说话。飞机上乘务员两次送食物，多次送饮料，他都没有接受。他坐靠走廊，我坐窗口，每次拿食物或者还餐盘，都要越过他头顶。而我事多，喝几乎没人想喝的低因咖啡以及热开水，乘务员得抛下餐车专门去餐间拿来。其间我需要上厕所，且上了两次，一切的一切都在这个冷漠男士面前上演。他的清教徒般的严肃凛然、石雕一样端然而坐的姿态，令我在吃吃喝喝时有了压力。在他的对比之下，我很像一个庸俗的饕餮之徒。我在中部小镇习惯了美国居民的 nice，他的态度令我像受到冷暴力。此时看到他，我简直气不打一处来，"不是冤家不碰头"，难道，后面的航班他仍然是我邻座？

没错，去爱丁堡的航班上我们又将坐在一起，像同行旅伴。

此刻的史基浦机场，我无法忍受冰冷的塑料白椅子和冷血男，便拉着我的拖轮箱离开等候区去找咖啡馆。然而，那天欧洲城市都在下雪，许多航班延误，咖啡馆餐饮店都满座。

我在候机大厅转悠，找到一个僻静角落。我坐到地上，整个脊背终于稳稳地靠上去，靠到墙上。如此将就的姿势竟也给我带来舒适的快感。天哪，我对自己惊呼，居然跑到欧洲来遭罪。

我有足够的时间后悔如何会落到这一步。然而，困倦裹住我。我坐在地上，不，是从墙边滑到地上，妥妥地睡死在光滑的大理石地上，羽绒大衣像被子将我盖住。

也许内心有个警钟，我突然惊醒，看表，离登机还有三四小时，而我周围似乎聚集了不少人。我坐起身才发现，这里也有个登机口。此时，乘客们都到了，他们已然排起队，准备登机。我窘出冷汗，居然众目睽睽下睡得昏天黑地，真担心是否还打了呼噜。

我对自己生气，为了省机票钱，用累积的飞行里程弄到一张打折机票，才会转来转去跟着航班绕航线。更生气的是，竟然被雷鸣说服——不如说被她忽悠，在阴冷的二月，跨越大西洋，去偏僻的苏格兰小镇，为了见识雷鸣描绘的天堂口；或者，正好相反，将她从歧途拉回来，遵她母亲嘱托。

说实话，走这一趟苏格兰更像是满足我自己的好奇心。雷家母女站在两个极端，离谱的往往是雷鸣！这一次，她要卖掉伦敦房子，搬去偏僻小镇，她可真是想一出是一出，没有消停的时候。

雷鸣这辈子东走西奔的，各个大洋之间跨越，随时随地换职业，是精力太旺盛？还是无法过平淡生活的个性使然？不得不承认我内心深处有一丝羡慕，假如与我自己人生的乏善可陈对比。

在我入睡时，欧洲的雪停了，又可以通航了。拥挤的候机大厅似乎腾出一半空间，我终于在快餐店找到位子，这里原本人最多。三个多小时的小睡，暂时驱走疲劳，此时有热汉堡配冰可乐，心情又好了，或者说，重又振奋起精神。

想到不久将与雷鸣重逢，还是有些小兴奋。雷鸣本人就是一管兴奋剂。她总是那么不靠谱，却又有着特殊的吸引力。我

003

和她从幼儿园开始,一直保持联系。想要打发无聊光阴时,会去找她玩,并且通过她,认识各种类型的"奇葩",假如,你心里有个"正常"标准。是的,雷鸣正是那种被称为"好白相(有趣好玩有点萌)"的人,这是当年还单身时。之后,我们都有了自己的家庭,需要正常秩序,尽管仍然时不时涌出无聊感。

雷鸣比我们所有的同龄人都早婚。婚后不久,她便带着两岁不到的孩子号称去广州探望亲戚,却背着丈夫从广州去香港,最终去了英国,与上海所有朋友断了联系。她再回上海,已是六七年后,有了第二任丈夫,一位英国警察。

这些年来,我和雷鸣的联系时断时续。我与她的关系好,也并非仅仅是因为她的"好玩"。雷鸣的经历不同寻常。她父亲吞安眠药自杀,以为父亲还在沉睡而试图去摇醒他的是雷鸣本人,那年,她才六岁。我家与她家是近邻,我比谁都更早知道她家发生的事。随着年龄增长,我对她生出了比怜悯更深刻的感情,而她在我面前也更真实一些。我们之间的关系已经超出友情的范围,更像是亲情,即使彼此有诸多怨言和不满,也无法真正切断联系。

这一次,在我们断了音讯三年之后,在被雪封闭的寂寞的小镇公寓,我给雷鸣发了一封问候短信,她的电话便跟来了。事实上,这正是我需要的电话,我需要雷鸣永远在线的高昂情绪驱赶北美冬天白雪世界带来的消沉。

儿子初中毕业进了寄宿学校,我可以暂时摆脱母亲角色。我花了两年时间在美国中部一所私立大学申请到六个月的访问计划。考虑到我这些年守在家带孩子，严重失眠情绪快崩溃，丈夫倒是支持我离开家一段时间，周末他可以把孩子带去他父母家。

从九月到二月，我在美国中部小城经历了零下二十度的寒冬。

"我正急着找你，2012年地球要毁灭了，还剩三年时间。"雷鸣打来电话。

我当时就笑开了，关于2012年地球毁灭的玛雅预言，已经传了好长时间，谁会相信呢？

不，总有人相信，雷鸣是其中一个。

她没有理睬我毫不掩饰的嘲笑声，继续她的传教般的演说——仿佛站在千人礼堂的讲坛上——那些似真似幻、准科学超科学理论组成的论据阐述，完全进不了我的耳朵。我听得心烦，有点后悔与她恢复联系。自从换了邮箱后，我常常挂念她，却又怕她的不靠谱影响到我的生活，或者说，她带来的惊喜或令人惊吓的故事会撩拨我那颗不安于庸常生活的心。而我正带着儿子进入他的青少年"沼泽期"和我自己的中年危机，我需要日常的平静安稳，便一直拖延着不和她联系。

在我分神时，雷鸣也终于转入正题，她要我搬去她居住的小镇，当2012年的大毁灭到来时，只有她居住的地方可以幸免。

我的笑声更响亮了。

"凭什么说你那个地方可以幸免，既然地球都毁灭了？"

"我们这里是一块福地,在 power point 的轴心上,所有超能量的灵性之人都汇聚过来了!他们知道如何接通宇宙天线,天时地利人和,所以我们这块福地是地球上唯一可以幸存的角落。"

呵呵,"宇宙天线""地球唯一幸存的角落",这样的大话都敢讲?不过,从雷鸣嘴里出来却又不奇怪,她常常语不惊人死不休。

"我听不太懂,能不能说得具体一些?"

雷鸣的奇谈怪论一定有传播来源,她往来的人世更像一个虚构的世界,与我过于现实的人生完全不兼容。即使出于找乐子我也想听听呢,反正无损于我的现实感。

雷鸣立刻滔滔不绝。

"我们小镇附近有个村庄,靠海,人们都说很多年前村里的土地属于沙质土,不适合耕种,村里的人都离开了,房子也在破败,村庄只剩下空壳子。二十世纪六十年代有三个外乡人,因为失业,一路找生计,开着拖车屋到这里,他们看到土地,却没有当过农民,但穷则思变嘛……"

我笑了,只有雷鸣还在讲这种陈词滥调,我抢在她前面道:"总之,他们在人家种不出粮食的土地上丰收了。"

"连你在中国也听说了?"

"我怎么听得到?不是你在说吗?"

"我还没有说完呢!"

"猜都猜得出来。"

"中间的过程你倒是猜猜看。"

"过程不重要,重要的是结果,反正就是发生了奇迹。"

"为什么他们三人能在沙质地上种出粮食?不仅粮食,还有鲜花、水果,甚至药草?"

"谁知道?也许本来就是可以长东西的土地,根本就不是沙质土,否则他们三个外乡人凭什么可以种出粮食,而本地人却做不到?"

"这是我要说的重点。"

"那就赶快说重点。"意识到自己的无礼,我便补上一句,"对不起,我对所谓奇迹有天然的戒备。"

实在是不耐烦这类说教性话题。

"那你还想听吗?"

"你要是还有耐心。"

我知道雷鸣快要失去耐心了。

"为什么这三人以及后来两代人能做当地村民做不到的事?不同地方的园艺专家都去考察,发现原因是相同的:成功播种这片土地的人,每日必须做的功课是冥想和静思。第一代创始人居住的拖车屋还留着,后来的人在拖车屋旁边建了静思所。冥想、和植物对话是这三位创始人的秘诀,因此催生了耕种奇迹。"

我呵呵呵地笑。

"我算服你了,为什么你的生活里总是有奇迹出现,而我活到四十二岁,却从未遇见任何奇迹?"

"你相信奇迹,奇迹才会出现。"

我鼻子哼哼:奇迹是有的,只发生在你雷鸣身上。

雷鸣的眸子明亮清澈,仿佛从未有怀疑,仿佛可以相信任何神话。对于一个童年丧父的人,难道不是奇迹?

人们总是先被雷鸣的眼睛吸引。她的眸子大而圆,在凝神时,眸子朝鼻梁靠拢,有点像斗鸡眼,却"斗鸡"得有特点。配上她的翘鼻子嘟嘴唇,稚气生动,却有一缕无法消失的惊诧。或许,"惊诧"是我的主观感受。她当年凝视沉睡不醒的父亲,凝视得太久……我总觉得,是从那天开始,她的双眸常会片刻呈现"斗鸡眼"状态。

雷鸣仍在电话那头唠叨,有句话让我有些吃惊。

她说:"我能理解你的'不相信',因为我们是在一个从小接受唯物主义教育的地方长大。"

我忽然不那么理直气壮了。把迥异于自己认知的世界观看成荒唐,是否骨子里残留早年"被教育"的毒素?

我在美国中部小城住了半年,能感受到民间浓郁的宗教气氛。当然,大学教授多是自由派,他们不去教堂。谈到宗教问题,有位白人教授向我强调,他虽然不是教徒,但也不认为自己是唯物主义者。说实话,听到思想开明的教授否认自己是个唯物主义者,还是让我受到了震动。

"这个村庄是道地的生态村。五十年前就开始用环保方法进行种植,把沙地变成腐殖土。"

说到"腐殖土",她特意用标准的国语念出。只要隔一段时间和雷鸣对话，她嘴里就会出现新名词，这便是她经常换工作带来的收获，所以她很相信自己在与时俱进。

雷鸣静默片刻，似乎等我提问。我对这场对话厌倦，对她的新名词没有兴趣，不想再给她说教的机会。

见我不作声，雷鸣便解释：

"所谓腐殖土，就是用植物和厨房的湿垃圾经过腐烂发酵后做的肥料营养土地而得的土壤，用腐殖土种的蔬菜水果是有机的，所以这个村庄的居民们食用的果蔬都是有机产品……"

"别跟我提什么有机产品。"我用上抵制的语气，"时髦人群又找到了新潮流，商人们又找到发财机会。"

"这里的村民非常质朴传统。"雷鸣完全不接我的话，她的思绪单一不受他人影响，与她对话很容易被她主导，"他们每天早、中、晚三次集体静思活动，已经坚持了五十年，跟你说的'新潮流'没有关系，你要是看到他们就不会这么说了。"

"当然，我没有亲眼看见，怎么可能相信冥想和静思可以让贫瘠的土地丰收？"

从雷鸣嘴里出来的那些"奇迹"，我从来没相信过。不仅不相信，还对雷鸣产生怜悯，总觉得她没有完成学校系统教育，知识结构有缺陷，属于容易上当受骗的人群。好吧，我承认自己有学位歧视，雷鸣没有读过大学，这也导致我不相信她提供的信息。

"小村庄的原生居民才几百个，但从世界各地去参观或参加他们冥想静思的人上万，包括志愿者、短期体验者和长期逗留的客人。"雷鸣还在唠叨,与其说是执着地对我进行再教育,不如说给我洗脑,"村里有不同的静心课程,有各种疗愈性的艺术工作坊,舞蹈音乐星座之类,还有学术研讨,是个非常成功的灵性社区,包括我住的小镇,冥想课程灵修会所应有尽有,还有我们自己的东方道家学校……"

天哪,东方道家学校都出来了。

我打断雷鸣:"你真的相信冥想和静思能抵挡地球毁灭?"

"天时地利也很重要,比如北纬三十度这条纬线上发生过很多奇特现象……"

"你们也在北纬三十度吗!"

"我们不在北纬三十度,但我们有外星人降落的能量点!"

"……"

我一时无语,再一次意识到我和雷鸣不在同一个"世界"。我知道她那个"世界"并非人烟稀少,我在对岸的综艺节目里发现,那里娱乐圈的大半艺人相信世上有鬼魂,相信有外星人……

"当作旅游,你也应该会有兴趣,我住的小镇有古老的历史遗迹,这个你可能更感兴趣。首先,苏格兰第一个国王肯尼思一世诞生在我们小镇。"见我不说话,雷鸣兴致更高昂,简直像在为旅行社做广告,"《哈利·波特》电影中开往魔法学校的列车,是在我们苏格兰高地的格伦芬南高架桥取景的;以水怪出名的尼斯湖离开我们小镇,车程才二十几分钟;对了,莎士比亚的麦克白城堡也在我们附近……"

"哦,这还有点意思……"我屈尊俯就的语气。

"我租了一栋三百年的石头老公寓楼,给你一间单独的卧室,假如你不怕鬼魂……"

"你说有鬼魂?"

"当然,英国老房子都有鬼魂。"

竟有鬼魂一说?我兴奋了,憋着喉咙细声尖叫:"我吓死了呀!"

这是我们年幼时玩鬼魂游戏,最喜欢尖叫的一句话。年少的夏日夜晚,漫长幽暗,我们都声称遇见鬼,吓唬别人也让自己魂飞魄散,惊悚的感觉刺激又令人兴奋,孩子们都迷鬼故事。

那时我们经常去雷鸣家捉迷藏,深深相信她父亲的幽灵还留在她家。关了灯的黑屋子,那个蒙住眼睛的寻觅者往往是雷鸣本人。我们无论钻到床底下还是躲在橱柜里,都会联想到雷鸣父亲的鬼魂——也许他就在我们身边。于是未等雷鸣找到我们,我们就忍不住发出阵阵尖叫。而雷鸣因此得意,以为我们的尖叫是因为对蒙眼睛的她感到害怕。

这是个残酷的误会,我们竟然乐此不疲玩了好几年。

未料如今"鬼魂"于我,依然是不会消失的兴奋点。我绝不会告诉雷鸣我们当年的惊悚感从何而来。

"你可以跟我一起住,我身上的能量可以抵挡鬼魂……"

天哪,这是真实世界的对话吗?我即刻恢复的理性在自问。

二

无论如何,雷鸣的邀请还是感动了我,终究,时光没有让我俩的关系从"铁杆"变成"塑料"。

盛情之下我硬不起心肠断然拒绝她,我说我得想一想。

事实是,我真的在想呢!我自己都未料到,我的内心竟有很想飞去一看的冲动。不是因为2012年的大毁灭,更不是什么"宇宙天线"或生态村的"冥想奇迹"吸引我,我这么"现实"的人如何会相信神话般的故事呢?

我是被这几个月厚雪覆盖的北美冬天给关怕了。被雪遮盖的房屋树木草地,衬着湛蓝的天空,美得炫目。初初看到,怎能不被打动?当初,这场景只能通过图片看到:小巧尖顶如童话书中的梦幻屋,门前是草坪和大树,这一切曾经是很多人,也包括我的美国梦的背景。

然而冬季漫长寒冷,再美的景色被凝固后,也会令人疲劳。眼睛患上文化饥渴症:一成不变的美令你备感空虚。

这是个汽车国家,任何一条街,任何户外空间,都见不到人,汽车把人遮蔽了。无人的街道和楼房就像装置,置身在其中,你的肉身也成了装置的一部分。

你开始明白何为"文化休克",无人空间 shock 到你了。一个来自人口密度极高的城市、有着农业国文化基因的庸人，如我，无法离开人群，并因此发出"人们为何向往美国"的疑问。如此大而空的国土，首先让我产生物理上的空寂和孤独，也在影响我对人对事的判断，比如我虽然很难相信雷鸣讲述的故事，但她的邀请却让我心动。

这些年来雷鸣的工作换来换去，多半和传销有关。让我叹为观止的是雷鸣的传销充满了激情和真诚，她号称有自己的世界观，并竭尽全力用她的世界观改造你的世界观。所以，她更像在传教，在宣传她的信仰而不是产品。

我不相信什么冥想可以催生荒地长出庄稼这种事，但雷鸣描述的小镇历史并非虚构。和她讲电话的同时，我已经在电脑上查阅了：中世纪的皇家堡，第一代苏格兰国王诞生地，莎士比亚《麦克白》中的城堡……都在苏格兰尼斯湖附近。

其实我对古迹未必有多向往，实话说，《哈利·波特》电影中那条通往魔法学校的高架铁路桥，更令我好奇。仔细一想，这"好奇"也是源于雷鸣的影响。

雷鸣认为，哈利·波特的故事并非完全虚构，魔法学校也许隐藏在群山里，你不相信便是假的，你相信就是真的。

"普通人是找不到魔法学校的，通灵的人才找得到。"

又是"通灵"！她一用这类词，就有迷信嫌疑。我觉得被人抨击"迷信"很丢脸，但雷鸣没有顾忌，她一旦相信什么，便执着成信念。

她认为，一个作家不可能无中生有写出这么多哈利·波特故事,"那个地方"作家去过!

"那个地方"在雷鸣嘴里,无比真切,好像她本人刚从"那里"回来。我要是人在上海,一定会嗤之以鼻,可我现在被雪封闭在公寓里。窗外的雪仿佛有消音效果,世界无声无息,广袤无边,所有的物体都凝固在雪中,除了雪花放肆飞舞。"雪"有欺骗效果,轻舞中的雪会压垮屋顶、掩埋车子、封闭道路。雪给现实盖上虚幻的罩子。

相比于在自己城市沉溺于毫无变化的安定,此时的我被封闭在雪世界,像多动症发作——没法忍受安静,更没法忍受独处,渴望看到任何能刺激我想象力的东西,哪怕鬼魂。雷鸣说到鬼魂的瞬间,诱惑难以阻挡,鬼魂才是最有力量的刺激。我知道我被雷鸣说服了,虽然我的理智在嘲笑我自己。

我好像第一次被雷鸣的述说吸引,而不是排斥。

她说,你觉得最不可思议的动作,从量子力学角度,是可能发生的。《哈利·波特》中最经典的一幕,便是在国王十字车站。哈利·波特到魔法学校的列车是从国王十字车站开出的,每天都有很多人从这里乘车去公司或学校。而在另一个世界里也有列车通行,并且和这个世界的列车并驾齐驱。哈利出发的站台位于9号和10号站台之间,也就是人们无法看到的"9¾"站台。在9号和10号站台之间有一堵墙,哈利穿过这堵墙,来到他的"9¾"站台。

雷鸣竟然引用了一番量子力学理论。她说,在微观世界,粒子有一定的几率能直接穿过障碍物,称为"量子隧穿"。所以哈利穿墙不完全是神话。

我没有读过任何量子力学的书,我不知道雷鸣怎么会迷上量子力学。是又一门时髦学科?我相信雷鸣只是学了些皮毛,我无法评判她所说的是否正确,我只有常识。常识在问,真实生活中谁能穿墙而过?

我儿子是"哈迷",早些年是我带他看《哈利·波特》的书和电影。十岁左右的孩子会相信世界上有个哈利·波特,有一间叫霍格沃茨的魔法学校。我一个成人,神志还算清醒,分得清幻想和现实。

奇怪的是,此时的我尽管无法相信雷鸣那套似是而非的量子力学论,心里却又非常愿意接近雷鸣的那个灵性世界。我越来越相信,人对世界的感受是非常主观的,"信则灵"是古老的认知,所有老话都有生命力,否则怎么会流传到今天?或者也许,雷鸣的确有迷惑人的超能力。

接到雷鸣电话的当晚,她弟弟雷霆打来电话。雷霆此时也在伦敦。当年雷鸣是通过母亲朋友的关系拿到担保去英国读语言学校,雷鸣定居伦敦后,雷霆也移居英国。雷霆在他姐姐刚出国那两年,经常来找我。那时我已经工作,他还是大学生,性格鲁莽冲动,我没把他放在眼里。他大学毕业后申请了英国大学的研究生班,拿了硕士学位,娶了当地华人女孩,在中英两地做生意,其实大半时间在国内。

"雷鸣和你联系上很激动。我妈也知道了,她急着找你。她人在上海,拜托你给她打个电话。"雷霆转达完他母亲的意愿，又道，"好久不见，哪天回上海找你吃饭。当初你把我当小毛孩……"

"嘿嘿，别再提当初，都是中年人了。"

我阻断雷霆，用的仍是当初跟他说话的语气，长辈的语气，把他当作不懂事的愣头青。

雷鸣母亲程之华是位小有名气的画家，我早年跟她学过画。她专注于艺术，年轻时疏忽儿女，生活上几近无能，上了年纪才找到做母亲的角色感。

假如我站在中间立场，或者说客观立场，去评价雷鸣母亲，我觉得她是个给人冷感的女人，我想象她在床上一定也很冷。也许这也是她丈夫自杀的多种原因中的一个？不，她丈夫自杀在七十年代，据说那些年经常有人自杀，是时代原因，远非个人原因。不过，这疑问好像不是从我心里长出来的，是雷鸣的质疑。她十八岁那年，和她母亲吵架，来我家消气，她提到曾经怀疑母亲对父亲不忠。在她记忆中，母亲对父亲连和颜悦色都做不到。她不爱他！雷鸣断定。

雷鸣认为，无论外面，也就是时代环境，多么糟糕，假如妻子足够温柔体贴，丈夫怎么会去死？

雷鸣到了中年才和母亲真正和解。我想，婚后多年我们自己也才渐渐明白，做个温柔体贴的妻子并不容易。至少，我和雷鸣都缺乏温柔，我们出生的年代使然，我们的母亲没有为我们树立温柔的榜样。

无论如何，程之华让人敬而远之，她的热情都给了作品，对子女缺乏母性，尽管她后来试图回归母亲角色，却没有获得儿女认同。

比起自己的母亲，雷鸣和她姨妈更亲。成年前，她大半时间住在姨妈家。她称呼姨妈为"妈"，称自己的母亲为"亲妈"。听起来"亲妈"并不亲，像是家里的亲戚。上海有些人家，"亲妈"是称呼祖母的。所以，她要是在公众场合对着母亲喊"亲妈"，人家会露出诧异的神情，打量这对母女：程之华的外表比实际年龄年轻，穿着时尚；雷鸣则不修边幅，衣服款式陈旧，显得老气。所以，在陌生人眼里，她们之间的关系颇费猜测。

程之华在电话里语气激烈，说雷鸣不知又听了谁的鼓动，居然要永久搬往苏格兰的偏僻小镇，目前正在挂牌卖伦敦的房子，完全不顾她丈夫在伦敦的工作，还口口声声说一个美好的生活环境比工作更重要。并且让雷鸣母亲更生气的是，雷鸣还在说服她卖上海的房子，搬去苏格兰养老。程之华说，她当然可以不理会雷鸣，她绝对不会搬去那个乡村一样的地方。她又不是没有见识过所谓的欧洲小镇，寂寞得让人直想赶快回上海。她说，她是担心雷鸣的家庭和往后的生活，因为雷鸣从来就没有正儿八经的工作，家里日常开销全靠女婿的稳定工作。假如女婿被她说服，搬过去，原来的工作就保不住了；女婿要是不愿搬，家庭可能保不住。所以，她希望我好好劝说雷鸣，她认为雷鸣最信任的朋友便是我。

我并不认为雷鸣最信任我，她是可以信任任何人的。我知道有一阵,雷鸣追随过一位佛教徒,拜她为干妈,曾经跟着这位干妈去尼泊尔修行。

只能说,在雷鸣众多朋友中我是她母亲最熟悉因此也是最被她信任的一位。我答应我会尽力说服雷鸣,让她打消卖伦敦房子的念头。

放下电话,我对自己说,假如,我不去她的小镇,不和她一起生活几天,重建我们有过的亲密关系,又如何去说服她呢?我不想辜负雷鸣母亲对我的重托,当年免费跟她学画三年,现在是我报答她的时候。

这更像我给自己增加去苏格兰的动力。但我不属于行动派,不可能"说走就走"。我不过是动了"去"的念头,很多时候,这种念头也会稍纵即逝。

很快,雷鸣的电话又来了。她告诉我,冰子也在她那里。

"冰子也去了?"

我惊问,难以置信,冰子可是耶鲁医学院出身啊!她一寸光阴一寸金的,从来不会随便挥霍时间。再说她对雷鸣一向不以为然,怎么会被雷鸣说服,从美国东岸飞去苏格兰?

冰子是我和雷鸣共同的朋友,我们仨在同一所小学,之后我与冰子继续同学到高中毕业。冰子和我在高中堪称好友,她也是我暗暗竞争和嫉妒的学霸。她高中毕业后继承父母的职业,报考医学院,在国内医学院读到一半便转去耶鲁完成本科学分续读医学专业,丈夫是她的耶鲁医学院校友。毕业后,他俩在美国新泽西同一间医院当实习医生,都希望朝外科发展。

冰子可谓成功人士样板。我俩十多年未联系,是她没有回复我的信件。我经常想到她,却又希望自己忘记她。

"她怎么有空出远门?他们夫妇不是在医院当开刀劳模,整日带着 call 机,拿高薪却没有时间享受人生吗?"我没好气地问道。

雷鸣没有理会我的语气。她说冰子的故事有些复杂,应该由她自己当面告诉我。重点是,雷鸣向我强调,冰子读医学却没有固守自己狭隘的科学观。

呵呵,"狭隘的科学观"!雷鸣可真敢说。

无论如何,她搬出冰子,对我极具说服力。我要求和冰子直接通话。雷鸣说她此刻去镇上办事,回来后让她与我联系。

半小时后,冰子发来短信:好久不见,想念!过来吧,这里才是我们向往的地方。

我的访学已近尾声,我不再犹豫,找旅行社订票。

三

我在机场快餐店吃完主食又喝咖啡,坐了近一小时。此时,人又多起来。我收拾了桌上自己用过的那套纸餐具,放在餐盘上,起身欲离去。转身之际,看见萧东,他一手端着餐盘,一手拉着拖轮箱,从柜台那边过来。我们之间相隔两三米，几乎同时发出惊叹。

人生中如此微小的概率，竟让我遇上了。

萧东是我高中同班同学，大学校友。不，不是普通的同学或校友，他是我的初恋。自从他出国，我们没有再见面。几年前听说他回国发展。我们分手分得不愉快，所以，自从听说他回国，我就不再参加高中同学会，为了不再遇到他。

站在机场快餐店的萧东，壮实成中年人，当然他就是中年人。然而我还是吃惊了，让我有些失望的吃惊。不管女人还是男人，年轻时的漂亮更能凸显中年后的变化。

他脸上吃惊的表情比我的更强烈。我有变得那么厉害（老）吗？我忍不住问他，他连连摇头，腼腆得不自在。

他把餐盘放在我就餐过的桌上，做了个请我坐下的动作。我没有坐下，我告诉他我要赶飞机。我们站着匆匆聊了几句，临走时他给我名片。我说我是自由职业没有名片，他希望我给他联系方式。他拿出笔却找不到纸，我从他的餐盘上拿了餐巾纸，把我的邮箱地址写在上面。

我离开快餐店后看表，离登机还有两个多小时，我是故意不给他聊天机会。我对萧东赴美后与我中断联系一直耿耿于怀。

高中时，萧东在中学校园算得上"校草"，长得帅，学业也出色，当然帅比学业更有吸引力，他是我和冰子共同心仪的男生。

毕业后，冰子进了医学院，我和萧东考取本市同一所重点大学。他读物理系，我读教育系，都不是我们想读的专业。这便是填了重点大学后的陷阱，被弄去那些不太热门的专业。尤其是萧东，班里成绩比他低一百分的男生进了本市非重点大学的好专业，比如机械、计算机之类，毕业后的工作都和专业对口。

因此，我俩在校园常聊的话题便是内心的郁闷。起初，我们只是走得很近的老同学，直到大四才突然成了恋人。我认为我并非是萧东心仪的那位女生，不过是近水楼台让我先得月。我怀疑他更喜欢冰子，可冰子那时忙着出国前的英语复习和考试，斩钉截铁宣布：绝对不在国内谈恋爱。

冰子读完大二，便转去耶鲁，她的托福和GRE是高分，拿到了耶鲁奖学金。萧东毕业后不久也去美国了。这并不突然，那年月正当出国潮，萧东进大学不久就有了出国念头，大二之后，他开始落实在行动上——报名读校外的托福班和GRE班。

我俩在校园见面机会并不多，也因此见面有聊不完的话。在他忙乱的日子，偶尔也会来约我，结伴一起去学校门口的街边摊吃夜宵。终于，某个深夜，我俩在黑暗处拥抱接吻，那天是在我们隔了漫长的大三暑假，升大四的第一个礼拜。

那年十月，雷鸣结婚。在她婚礼上，我悄悄告诉她，我恋爱了。

雷鸣要我把男朋友带去她家，但萧东正专注于他的学业，包括英语考试。再说，我们所谓的"恋爱"不过是谈个朋友玩玩，毕竟已经知道未来各奔东西。毕业后，萧东工作之余联系学校找担保人，继续第二轮的英语考试，为了拿到更高成绩申请奖学金，忙得昏天黑地。我不想影响他，也想渐渐拉开距离。我不主动和他联系，除非他约我。

他拿到入学通知，担保人也搞定了，签证很顺利。离去前的那两个月，我俩见面频繁，也许告别在即，有些不舍，彼此之间的关系突然变得炙热。是他变得炙热。我们上床了。

这是两个处子的结合，从不熟练到合拍，到如火如荼。我们不聊离别不聊未来，用身体表达离别的绝望。也许不是绝望，是肉体狂欢。"启迪"如此快速到来：离别在即，让身体冲破封锁，丢弃感情和道德重负，直接奔向及时行乐。

在床上，我对萧东的眷恋成倍滋生，但荷尔蒙遮盖了心情，或者说，肉体的满足填补了内心空虚。

我知道自己怀孕时，他已经离开。堕胎过程是梦魇，改变了我的人生观，曾经暗暗与冰子较劲的那股劲儿消失了，我不再力争上游了。更可怕的是，我对萧东的思念浓烈到快要爆炸。我才明白，一旦有了身体爱，女人便陷进去了。上床之前那两年的约会是精神爱，对离别没有感觉，以为彼此思念就够了，甚至希望别离带来情书，这更符合对浪漫恋爱的想象。

萧东出国后一直没有音讯。我没有等待太久，就明白不用等了。那段时间，我常找雷鸣玩，她家来往各种人等，给我交友机会。我交男友是为了"约炮"——这个词语发明得太晚，每一代人中都会有"约炮"现象，即只接受性爱，拒绝恋爱，我成了"性瘾者"——这个词语也是我戒了"性瘾"才获知。

事实上，找到点燃你性欲的男友并不容易，毕竟，第一段性关系是恋爱在先。你在自己的城市，潜在的顾虑让你无法真正自我解放。那段时间，我独自旅行，双肩包里替换着不同国度的《孤独星球》——一套在世界范围热销的旅行指南书——我发现，旅途才是艳遇的机会。

这种秘密生活，直到结婚才消停。而我在婚姻里是性冷淡，却又无法保持忠诚，偶尔的外遇平衡了婚姻带给我的厌倦和麻木。

我坐在与我的登机口隔了一段距离的等候区，那些往事纷至沓来……人对年轻时的遭遇很难释怀，那是生命力最旺盛的岁月！我以为早就忘了萧东，但见到他的瞬间，心又动荡……不给他时间聊聊彼此，我应该连邮件地址都不给他才算酷。

我回想了一下，刚才在他面前自己是否失态？没有，完全没有！我显得冷淡疏远，好像只是见到一个快要忘却的熟人。

我们不过是交流了一下各自的旅程。

他在欧洲的某个驻沪公司做总代理，这次来瑞士开会，顺便到荷兰，这趟飞机是要回上海。

我告诉他，我去爱丁堡见朋友，没有告诉他那个朋友是谁。萧东和雷鸣互相知道，是否见过面我记不得了。我没有告诉萧东，我将见到冰子，我不想和他聊我们共同的朋友。他刚去美国那阵儿，我怀疑他会去找冰子，但冰子从未提起他。出于某种小心眼，我也没有告诉冰子，萧东去了美国。

萧东说他早已从同学那里获知我离开体制，成了网络写手。他用夸赞的语气说，我们高中班级只有你走上了职业写作道路。我告诉他，那不算什么，千千万万人在网上写作。

"但你靠写作生存，这非常不同。"他说。

我耸耸肩表示无所谓，然后提出告别。

我提出告别的方式有点突然，嘴里说，我得走了，便拿起自己的餐盘放在指定的餐盘柜上。我回到桌边和他拥抱了一下。这是个短暂的冒险，与他相拥时熟悉的身体气息，令我情不自禁，我搂住他，我的胸和下体贴住他的身体，贴到他有了身体反应，我却推开他，拉起自己的行李箱，朝他挥挥手，转身就走。

我相信他的身体此刻还在动荡中。我感谢上苍给我机会，小小报复了一下当年萧东对我的无情。他让我学会断然离开伤我心的男人。刚才我那性感的拥抱，既有怀恋也有挑逗。在萧东之后，我对我可能会爱上却又无法把握的男人，会用这种方式提出告别。之后，他们不能自己，会来找我，希望关系继续发展。但我不会让他们如愿，我不会再让自己受伤害。我一定要抢跑道，告别在先。我不会再给男人机会，给他们机会抛弃我。

我冷静下来后，对自己的所谓"报复"感到无谓，我仍然在意多年前的失恋？我为自己的"在意"感到不值。可意志又怎能左右情感？我反省了一下自己过于实际的人生观，自问：先前的我也有过浪漫，是萧东的离开改变了我？

事实上，萧东并没有这么大的力量，是时光和历练改变了我。他之后，我有过多段性爱关系，短暂、炙热，却难逃消失后的空虚。

我在机场候机大厅对自己的丈夫生出怜悯，他对我的某一段人生并不知情，却要接受我经常发作的负面情绪。他也是理工男，比我年轻一岁，我们相继被分配在同一所学校，在上下班的路上，成了恋人。

从恋人到夫妇，这一路平淡顺利。结婚是互相陪伴，我有了自己的家，很快淡忘未婚时的状态，包括和萧东的恋情。

你看，萧东成了真正的中年人，清瘦的脸颊不可避免地长了中年人的横肉，不那么明显。假如，没有见过他年轻时候的模样，萧东看起来还是顺眼的。但是对于我，却具有颠覆性。现在的他彻底覆盖了记忆中的俊男形象：额前总是垂下一绺发，女孩般的唇红齿白，笑起来，左脸颊有酒窝。

不少女性，包括我，都会喜欢有几分女气的男生。如今的萧东有了中年男人的壮硕，很快就会油腻。那几分女气，不如说是女性化的干净清澈，正被岁月荡涤，令人变得平实平庸。

他西服笔挺，一看就是出公务差，坐商务舱。而我一个三流的码字工，还在抠门地买廉价机票，绕着航线两次转机去苏格兰。与故人重逢，最扫兴的是，某种你已经忽略的差异，又从暗处浮现出来。

我应该庆幸，和萧东相遇时，自己的形象还算体面。在候机大厅的地上睡了一觉爬起来后，我即刻去洗手间整理了自己。我刷了牙洗了脸，敷了滋补皮肤的润肤霜，还上了粉底，用眉笔和眼影粉化了淡妆。吃完快餐后，用纸巾擦净嘴，对着化妆镜用淡色唇膏抹了唇，才把纸盒纸杯等等收进快餐盘，在我站起身准备离去时，迎面过来萧东。

细究起来，我当时打扮得好整以暇，竟是为了面对那位肤色苍白的阴沉男。他的冷漠刺激了我的虚荣心，我必须让自己看起来更迷人，更有高度，让男人情不自禁献殷勤。事实上，我把他看成假想敌，人们通常更重视敌人对自己的看法。

太荒唐了，我为一个素不相识的不那么 nice 的美国人打扮了一番，却遇见了初恋。我还有两小时的候机时间，却只和他说了两分钟话。匆匆告别之际我挑逗了他，算不算夺回当年失的利？

我要庆幸的是，我竟然没有和萧东相遇在我睡觉的登机口。那时我蜷起身体盖着黑色羽绒大衣呼呼大睡，就像纽约街头的 homeless。想象一下，当我突然从地上坐起来，看到边上就是排着队的乘客，他们或者熟视无睹，或者有些漠然地看着我，只有一个人惊诧得像要叫喊出来，他正是萧东！假如遇到这样的场景，我会羞愧得涨红脸还是无所谓地朝他点头微笑？

真让人恼火，有些登机口，没人时，完全看不出这里有一扇门可通向飞机。或者，当人极度疲倦时，像个没戴眼镜的高度近视眼，眼前是模糊的。视线模糊时，头脑也会出现空白。不要怪登机口太隐蔽，得怪自己倦不择地，到处乱睡。

回想萧东面对我时惊诧的目光，我知道我让他刮目相看了。我觉得自己年轻时几无吸引力，没想到年纪和魅力成了正比。与他分手后的那些经历，令我变得性感，并在与男人的周旋中，学会了得到主动权。世间有多少荒谬之处？比如，当我不再是纯情少女时，却发光了，成了性感女人，常常在旅途上被人要电话。我向萧东提出告别时，我能看到他脸上掠过的失望和意外，而我撩拨他的拥抱，将让他品尝失落惆怅。

我此时却备感空虚，当年丰沛的感情，无论快乐还是痛苦，到了今天都干涸了。我更像个观众，面对一出陈旧的肥皂剧，因尾声的仓促而意犹未尽。

我拿出他留给我的名片，一家难以判断其业务的公司，中文头衔是总代理，英语头衔是CEO。

这种公司在国内多如牛毛，完全无法判断实力。听说他在美国大学拿了硕博学位，工作了两年就回国，好像做起了实业。所以，他那公司应该不是什么皮包公司吧！同学中传说萧东个人感情生活不顺利，才赌气早早回国。他后来的结婚对象，并没有出国经历。

我不想听关于他的任何八卦，说的人也是无意中说漏嘴。知道我们好过，老同学基本上不会在我面前议论他。其实，我只和极个别的旧日同窗有往来。事实上，我和过去的自己也有了鸿沟。随着年岁增长，即使与关系最好的同窗往来也已接近零，这表示我从"过去"突围出来了。

奇怪的是，我莫名地重又联系上雷鸣，因为她而来到欧洲，并且马上要见到另一位故人，在这个节点，旧恋人竟也出现了。用雷鸣的说法：所有的偶然都是必然，你以为拥有的个人意志，并非来自你自己的身体。

我居然开始相信雷鸣的"说教"？

四

机场犹如巨大的恒温安全网，不受气温影响也不会让人陷入迷津。所以，一离开爱丁堡机场，我便慌张了。我得去找巴士总站，坐长途车去因弗内斯，一个坐落在尼斯湖旁边的小镇。雷鸣将在那里迎接我，然后开车去她居住的小镇。

爱丁堡长途车站就在机场附近，很长的半露天站台，密集的站牌，眼花缭乱中，我终于找到去因弗内斯的候车室。我推着行李车，车上有我托运来的大箱子和随身小拖轮箱——我将从英国回上海——跟着指示牌来到一间面积很小的木板房。墙上贴着时间表，去因弗内斯的车子，三小时以后到达。从爱丁堡机场到达因弗内斯又要三个多小时。

面对这张巴士时间表我已经麻木。三十个小时都熬过来了，难道我要哭倒在这间木板房前？

没有暖气的木板房阴冷，暂时还无其他乘客。说真的，我没有想到爱丁堡的长途巴士站这般简陋。木板房里有一条铸铁长凳。我很少看到这种古老的铸铁长凳，连凳面都是铁制。铁凳像冰一样冷硬，幸好我穿着长至脚踝的羽绒长大衣。才几分钟，这铁凳坚硬的冷便渗透我的羽绒大衣直达臀部，比起疲累，冷屁股更难忍受，我不得不站起来。

我把托运来的大箱子留在木板房，拉着小拖轮箱走到外面，先前嘈杂的车站长廊冷清起来，从飞机上下来的乘客已走大半。

也许我应该去附近走走？可行李箱留在木板房不那么令人放心。再说，外面在下毛毛雨，湿冷渗进骨头，很像上海的初春，春寒料峭，比冬天冷。放眼望去，并没有称得上风景的景色。眼前是一条马路，在不远处左转成弧形，便看不见了。马路外面是凋零的冬景，光秃秃的荒废的空地，稀疏的野草，掉尽树叶并不高大的树，一些棕色楼房。

好在看不到雪，我松了一口气。

我又回到木板房。现在长铁凳上坐着一位老妇人，戴着老式黑框眼镜，厚厚的镜片，这使她的面容有几分严厉。她有点像某部英国电影里的角色，年老未婚有道德洁癖的乡村教师。

老妇坐姿安定，她是如何忍受铁凳的冰冷？我在疑问中对自己的坐立不宁产生内疚。

我站在木板房的窗前，能看到远处高架铁轨。这条高架铁轨是否是通往格伦芬南的高架桥？格伦芬南高架桥也是通往魔法学校的铁路桥。虚构和非虚构的界限一向是模糊的。雷鸣在电话里关于魔法力量的解说已对我的潜意识产生影响？此时的我好像离魔幻故事场景更近。几小时前，在史基浦机场与萧东的邂逅也变得似真似幻。

在机场小睡后恢复的精力已被时间消耗,一阵头昏眼花……

我已经来到火车站台,站台尽头有一堵墙。此时站台无人,冷风飕飕。一辆深红色蒸汽机车开过来,停靠在站台。我觉得眼熟,太熟了,并且我知道有个男孩将要上这辆车,他戴着眼镜,必须从站台尽头那堵墙穿越过来。对了,飞机上我邻座的阴沉男与男孩有几分相似,格外苍白和消瘦,连那副眼镜都一模一样。也许,他就是眼镜男孩,很多年过去,他已长成三十多岁的男子。光阴易逝啊!所以,人们形容其如"白驹过隙";所以,我握不住时光;所以,可以从"9¾"站台上车的男孩,即使长大成人也不懂我们现实世界的人情世故。

站台上突然涌现大批年轻的旅客,是穿校服的学生,背着双肩包,从我身后拥上前,他们的双肩包不时撞击到我的肩膀,红色蒸汽机车的浓烟在他们头上缭绕,我看着他们挤上了这部车子。果然没有见到眼镜男孩,他是成年人了,早已从那间叫霍格沃茨的魔法学校毕业了。我有些失落,我们总是暗暗希望心爱的男孩不要长大。

下一分钟,我自己也坐上了红色机车,却并未感到身心放松,而是更加疲累软弱,并且饿得发慌。马上便有小贩在车窗外兜售热狗,小贩要我付英镑,可我的皮夹里只有美金。我明明在机场兑换了英镑零钱,却怎么也找不到。饥饿让我失去理智,我身子探出窗外欲抢夺小贩的热狗,却瞥见雷鸣从人群中走过，她东张西望似在找人。当然，她在找我，我喊她，却发不出声音，在焦灼中我醒了。

我已经坐在去因弗内斯的长途车上，我竟然完全记不得自己如何上的车，假如说之前我站在木板房的窗前打起了瞌睡，做了比真实还真切的梦，那么现在我应该醒着！我有些惊慌，为自己失去记忆——刚刚上车过程我完全没有印象。我身边这两件行李，其中一件是托运过来的箱子，分量不轻，是我自己提上车的吗？可我并不记得我有提过行李。

我坐在车子的第一排，离驾驶座最近的位子。这是我经常会选择的位子，尤其是在陌生的异国，乘坐陌生的巴士，我总是尽量离司机近一些，以便可以随时询问。

我转头朝后面看去，几乎是一部空车，除了那位老妇——刚才安静地坐在铁制长凳上的妇人。她此时坐在靠后车门的位子，她戴着眼镜，那副眼镜，镜片是圆的，好像是从我飞机邻座脸上摘下来的。为何他们都戴这么夸张的眼镜，把自己弄得像从二次元出来？也许我仍然在梦里？

我掐了一把自己的合谷穴，并不能肯定会让自己真正清醒。我隐约记得有过几次在梦里，怀疑自己在做梦，便掐手上的合谷穴——我唯一认识的穴位，也是最容易确认的穴位：只要把食指和拇指并拢，虎口处便隆起肌肉，状若山丘，用另一手指按"山丘"，凹陷成"山谷"，便是合谷穴。合谷穴可以缓解头痛。我有偏头痛，才学了这一招。事实上，头痛发作时，吞止痛片比按穴位更容易，因此学到的这一招又被我自己放弃了。奇怪的是，我却经常在梦中掐自己的合谷穴，可从未把自己掐醒过。

我终于醒了！从刚才以为自己"醒着"的梦里醒来。我看到自己坐在托运来的塑料硬面的大箱子上，身体靠在窗子旁边的墙上，也就是木板房的角落，手臂扶着拖轮箱。呵！我惊叹自己在睡梦中还有紧紧护住行李的本能。而我打盹的这个角落不影响人们通行，虽然木板房没有什么人，除了坐在长凳上的老妇。

我注意到老妇的眼镜，她的眼镜镜片果然是圆的，像道具，因而她的脸，或者说她的形象，不那么真实，我和她之间就像隔了一层银幕似的。可是刚才，我打盹之前，明明记得她是戴普通的老式黑框眼镜，难道她为自己准备了两副眼镜？不是没有可能，一副老花眼镜为阅读，一副散光眼镜日常用。但老妇的坐姿几无改变，没有因为阅读需要而更换眼镜。当然她也可以随性换眼镜，不需要任何原因。老妇坐姿端庄，双膝并拢，手袋放在膝盖上，双手放在手袋上，不，是抚在手袋上，"抚"是抚摸的意思，仿佛这不是手袋，而是她的宠物——一只毛色灰黑相间的猫。猫的联想让我打了个冷战，不由得仔细看去：天哪，老妇膝盖上真的蹲伏着一只猫。凝神再看，的确是一只猫，应该是品种猫吧？至少不是普通的草猫。它一动不动伏在老妇膝盖上，安静得像一只手袋。我吓得不轻，我害怕猫，更害怕自己神志不清。

我必须把注意力放到自身。我突然意识到我对自己如何坐到这个角落完全没有印象。我并不记得这个过程——把箱子拉到木板房的角落，平放下来，让自己坐到箱子上。坐上箱子的一刻我是否庆幸过，本来这托运来的箱子是个累赘，却在长途车站变成可坐之物？不记得了！完全记不得坐上箱子那一刻的感受。是否那一刻我的脑子比身体先入眠而失去记忆？是否应该庆幸，那一刻我没有直接睡到水泥地上？

离巴士到来还有十几分钟，木板房的铁长凳上多了几位乘客。

接着，令我惊骇的是，去因弗内斯的长途车，才过了两站，便只剩下两位乘客，我和老妇人。而我就坐在第一排，她则坐在车子的中间，离后车门最近的位子，与梦中的情景一模一样。唯一有真实感的是记忆，刚才，我看着司机将我的一大一小两只箱子放进了长途车腹部的行李厢里。

我开始回忆梦中梦，那部红色蒸汽机车为何那么眼熟，我为何期待看见一位戴眼镜的男孩，虽然他没有出现。在梦里，我把飞机上与我相邻的阴沉男，想象成长大的眼镜男孩，我把他的冷漠当作眼镜男孩对我们现实世界规则的不了解。

然后我突然意识到，眼镜男孩不就是小哈利吗？那部红色蒸汽机车是他去魔法学校乘坐的车子……太奇怪了，我从未做过与此相关的梦！即使前些年沉浸在热销的《哈利·波特》的书和电影中，每天和儿子聊那些让我们难忘的情节，我也没有做过这一类梦。关于哈利·波特，仅仅是我在打盹之前，曾经站在木板房的窗前，望着远处的高架桥有过不到一分钟的联想而已。

接着长途车陆续接了几位乘客，有一度，车子座位大半坐满，但他们都是短途客，很快下车了。快到终点时，又只剩我和老妇人，这种巧合不由得我不忐忑。

雷鸣的 F 镇离因弗内斯还有二十五英里，半个多小时车程。她将在因弗内斯终点站等我。虽然我们保持手机短信联系，可我还是一路担心她是否会准时到达车站。我很怕在终点站见不到她，继续像个 homeless 到处找地儿打盹。

五

谢天谢地，车子还未靠站，我已经透过车子前面的挡风玻璃看到雷鸣。她在车站的站牌下朝车子扬起手臂，张嘴在笑，看嘴形是在喊我的小名"李小妹"——我姓李，家里人叫我"小妹"，所以老同学们都唤我"李小妹"——好像她能看见我似的。

"我提早到了，停车超过时间要付费。"就像昨天还见过面，雷鸣连寒暄都没有，拉起我的行李箱就朝停车的地方奔跑。

她不事修饰，一件深色大棉袄，像中国七十年代工人穿的工作棉袄，宽大无形的大妈牛仔裤，脚上是穿旧的运动鞋，发型也是她出国后的老式发型，尤其是额前卷烫过的刘海，有几分土。跟她留在国内紧跟时尚、在同龄人中颇显年轻的母亲相比，如今的雷鸣越发显得落伍又老气。

雷鸣年轻时穿衣大胆，常常奇装异服，倒也很有风格。自从出国后，形象却反转，变得越来越土。起先说是为生存打拼，再婚后，并无改观，其装束总让我泄气。好吧，我承认我爱虚荣，尤其是在上海的浮华气氛下，自己追时尚，也希望身边的友人时髦漂亮，可以相得益彰。

同样穿牛仔裤，我的是修身的，为旅途穿的运动鞋也是当季新买的。我的托运箱塞满了在美国买的打折新衣，虽然家中衣橱里有不少衣服还未上身，标价牌都未拿下。事实上，在美国大学城，女教授们不化妆不用香水，着装都很朴素，我带去的上海时髦衣服根本不适合在那个地方穿。

此时，经过三十八小时的长途折磨，我困顿不堪，尤其是离开机场后，在简陋的长途巴士木板房等候，妆容之类根本没有心情管。我知道自己脸色憔悴头发凌乱，称得上狼狈不堪。

"不错，不错，现在的你进我们小镇不会弹眼落睛。"

上车后，雷鸣笑瞥我一眼，夸奖的语气。

"这是称赞我的邋遢？"

"邋遢是你自己的心理感觉，我看过去觉得你更实在，没有那么'上海'。"

我知道她的"上海"带着贬义，我不以为然，却也不想与她争论。我们刚刚见面，要聊的话题比这重要得多。

我立刻问起冰子。雷鸣说，冰子原本也想来接你，但今天有人从美国来，是个老外，冰子在接待他。

"冰子英语好，两人聊得很畅快。"

雷鸣羡慕的语气。我意识到英语是雷鸣的软肋。她初到英国在语言学校混了半年，就进入打黑工行列，哪怕嫁了英国丈夫，还是一口破英语，对付日常生活尚可，却不会读写，没法聊更深的话题。

说到这个美国人，雷鸣神采飞扬。

"他去年就来过，慕名而来，跟我们斯老师探讨道学，斯老师说他悟性极高……"

"斯老师？谁是斯老师？"

"我跟你说起过吗？我们这里有个气功大师，姓斯，我们都叫她斯老师。"

我听到"气功大师"之类的头衔马上头胀，打断眼看要滔滔不绝的雷鸣。

"先跟我说说冰子吧，她和我十多年没联系，是我得罪她了吗？"我忍不住宣泄憋了多年的郁闷，"不是我在背后说她坏话，她这人书读得好，不见得会做人，用现在的术语，智商够高，情商相反。"

雷鸣直摇头："不要怪她，冰子不是故意不理你，她那时无法跟人诉说自己的生活，非常不容易……"

雷鸣开始长篇叙述，我的困倦消失。

简略概括：冰子婚后与丈夫感情不和，争争吵吵多年，终于决定离婚。离婚前一次大吵后，冰子一怒之下离开美国，去国内娘家待了一阵。为争孩子抚养权，她与前夫上法庭，未料在上海的时光成了不利于她的证据，她因此没有得到孩子的抚养权。她的两个儿子在同一所私立学校，都是学霸：老大十四岁，读九年级；老二小两岁，读七年级。

"这么说，她不去医院上班了？"

"早就不去了。她做实习医生时怀第一胎。她说，实习医生是医院食物链最低端，忙得一塌糊涂，她又要强，没有暴露自己怀孕。在外科值班，遇上轮渡与巨轮相撞事故，到现场抢救，天寒地冻，她之前一直缺觉，然后感冒发烧，孩子早产，在医院保暖箱躺了三个月。孩子是保住了，但身体很弱，有先天性心脏病，动过手术，必须非常小心地呵护照顾。这件事对一贯顺利的她，是个打击。虽然她母亲和婆婆轮流来家里住，帮她照顾病孩子，但她还是非常分心，以致实习期结束后的考试，她没有过。那时又遇上两家医院合并，要裁员，她自然在辞退名单上——这是更大的打击，以她这么要强的个性。后来她在丈夫劝阻下没有立刻找工作，索性又怀孕……"

"索性又怀孕？你的意思是她可以自主怀孕？"

"是啊，不避孕不就可以怀上了？"

"问题是，实习期间为什么要怀孕？"

"第一胎照她说法是'漏网'。"

"那简直是……命里注定！"

"一切都是命里注定，假如命里没有，不避孕也未必能怀上……"

"然后呢?"我打断雷鸣。

"第二个孩子挺健康。她先前打算把两个孩子带到能上幼儿园,再出去工作。孩子倒是日长夜大,她的婚姻出了问题。她丈夫比她年长两岁,主攻外科,要当七年住院医生,再升主治医生。自从她回家照顾孩子,丈夫就没有后顾之忧,没日没夜忙在手术室。遇上感恩节圣诞节新年这类重要节日,更是忙得不可开交,这些节日正当东岸下雪季,人们开车走亲访友,加上喝酒,路上车祸剧增,常常家里聚会到一半,或者派对上,或者半夜三更,丈夫call机响了,医院在召唤。冰子无法忍受了,丈夫这边还未升到主治医生,她那里提出分居。接着分分合合几年,直到离婚。"

"哦,我完全不知道她当了这么多年家庭主妇,我们保持联系的那会儿,她并没有告诉我她不再去医院上班。"

"她自己心里并不愿意放弃职业,所以不想说……"

"现在想想也是,奋斗了这么多年,她又这么好胜,弄了老半天,回到家里当家庭主妇,而且是被医院辞退,心里肯定过不去。"

我嘴上这么说,心里却有阴暗的窃喜。我和冰子暗暗较劲很多年,直到她被美国耶鲁大学录取,我心里才开始认输。但那时我身边有萧东,我一厢情愿地认为萧东比学业更值得争取。萧东离开后,想到冰子我竟然还自我安慰,认为自己拥有过他。萧东是否值得拥有是个问题!可笑的是,因为冰子也喜欢过他，才让我觉得值，不是吗？

大学毕业后我好不容易从教育局跳出来，在一份小刊物当编辑，有机会在杂志报纸上发些豆腐块文章，累积多年，总算出了两本书。接着便进入网络写手圈，开始编故事写悬疑小说，杂志社解散后，竟也能靠写作生活。然而，也不过是解决了温饱而已，我没有具体的梦想，或者说，有过也丢弃了。比如我想拿博士学位，做一名学者。经历堕胎后，我的人生观发生了变化，我不再有继续读学位的动力，随波逐流混个职业，内心对自己失望。我半夜醒来会问自己，我这一生是在虚度吗？我唯有起身去看一眼熟睡的儿子，才有一些宽慰，是做母亲的宽慰，但我年轻时的志向不仅仅是当个母亲。

"比起事业，照顾孩子更加重要，我也有几年为了孩子留在家，只能做兼职。"雷鸣说。

"你不一样！"我脱口而出。心里说，你怎么能跟冰子比？人家一路高分进美国藤校，是专业精英。

"做母亲遇到的问题都差不多。"雷鸣并不计较我对她的轻视。

"那么，现在她可以重新开始她的医学生涯……"

"重新开始哪有那么容易，至少，无法再继续她向往的外科医生生涯，重要的是她先需要医治自己。"

"哦，她病了？什么病？"我急问，我还是在乎她的。

"忧郁症……"

"噢。"我好像松了一口气，"还好不是身体上的大病。"

"心理有病更危险,她都试图自杀!"

天哪!我很震惊,一时说不出话来,先前的窃喜变成内疚。

冰子,半生在争第一,无法容忍有人可以超过她。这个一路取胜的女强人,也会被生活击垮,竟然想自杀?

我还来不及发些感慨,F小镇到了。

接着,雷鸣做了一件让我生气的事:她不把我送到睡房,却把我带到一间大屋子,那里有三十多人,在打坐。

"你和他们一起打坐,等会儿,打坐结束后,我给你介绍带他们打坐的斯老师,她就是我说的大师级的气功师,这一教室人都是奔她来的。今天来的这位美国人,就是专为斯老师来的……"

话说到一半,我还未来得及拒绝,雷鸣就走开了。雷鸣好像是突然消失的。我怀疑是我自己过度疲劳,反应慢了一拍。

我不得已在靠门口的坐垫上坐下,学他们的样盘起腿。但我完全坐不住,腿下的软垫让我直想躺下来。我害怕我真的会躺倒,于是不顾众目睽睽,起身离开教室。

疲倦如雾霾遮住我的五官,我甚至都没有看见坐在前面领头位置的斯老师。就这样,我到达F小镇的第一个小时就把号称"大师"的老师得罪了。

我找不到雷鸣,根据一位保安的指点,我可以去另一栋公寓楼找她。那栋楼与我所在的气功教室楼相隔一片林子。

林子有一条细砾石铺就的小径,沿着蜿蜒的小径行走,仿佛瞬间进入一片森林，高大的老树枝叶繁茂，几乎遮蔽天空。林子暗沉沉的，气氛阴暗，我有些不安：怎么就像进入深山老林，明明是在离公路不远的小镇？透过枝叶看到的天空，已被暮色笼罩。我加快脚步，很担心天突然就暗了。看表，才下午四点。我想起我所住的美国小城，冬天遇上雨雪，下午四点以后，天也是灰暗的，但离真正的夜晚还有一段时间呢，所以，我不应该担心。正在此时，我看见一条小蛇，从林中穿过我面前的小径消失在另一边茂密的灌木丛。我没法控制地尖叫起来，树枝上端立刻有一片"扑棱棱"翅膀扇动的声音，只有成群大鸟才会发出这么有力的声音。我骇得奔跑起来，脑中还在回放刚才一幕，蛇扭动细长的身体，却倏忽间就消失了，就那么一两秒，我飞快的脚步可能就踩到它了。我头皮发麻，两脚好似抽筋，忍着疼痛拉着拖轮箱——有一瞬间甚至想扔下拖轮箱——毫不停留地冲向林子外。

其实也就十来分钟，我已经来到公寓楼前。灰白色的石头外墙，正是雷鸣介绍过的有三百年历史的石头公寓。大门未锁，我径直入内。一楼都关着门，我上了二楼。二楼走廊空旷，靠左侧放置一张超长台，围着长台有十把椅子；右侧有一架旧钢琴。长台和椅子的放置，以及钢琴，使这走廊更像客厅，或者说这走廊也兼客厅功能。客厅有好几扇门，想来是房门。

我看到其中一扇门虚掩着，上去敲了几下门，又探头张望，好像无人，便推门而入。

这是一个小套间，里间门开着，显然是卧室，床上被子未叠，扔了一件女性睡袍，一看就是女生睡的卧房。

看到床，就像饿鬼看到食物，我做了一件可与梦中的"我"媲美的事。梦中的"我"半个身体扑到窗外企图抢小贩的热狗，现实中的我关上房门，脱了外衣，直接就在床上躺下了。

我原本计划得好好的，打算在属于我的卧室洗个澡，让雷鸣给我下一碗面，然后睡个安稳觉。未料雷鸣节外生枝，把我送到气功教室……也怪我没有预先告知。我应该反复向她强调，长途飞行后的第一需求是补觉。雷鸣这个人缺乏常识，行事一贯自说自话，她的好心常用错地方，和她在一起，不能太大意，一不小心便会落到这般尴尬境地。

我心里气哼哼的，不管不顾，钻进被子蒙头便睡。

不知睡了多久，双脚一阵抽筋，我痛得从床上跳起来。这是长途飞行后的征候，也和房间不够暖有关，我在半梦半醒中还以为是在自己家里。上中学那段日子，是我的"抽筋岁月"，我经常要从床上跳起来，站到地上，用这个方式解除抽筋。按照母亲的说法，抽筋是因为发育时个子蹿得太快，身体缺钙。

人站直后，脚掌落地，抽筋就缓解了；可我一躺下又开始抽筋，不得不重新站直，让脚掌落地……就这样睡下起来，起来再睡下，起起落落地折腾。为了保持睡意，我一直没有睁开眼睛。等抽筋发作过去，我再也睡不着了，睁开眼睛，房间黑漆漆的。

门缝底下透进的灯光，让我看到这是一个陌生的环境。

表上指针告诉我，已经八点。看表的好处是，可以让我真正醒来。我懵懂了片刻后才意识到，我已经来到雷鸣的F镇，此时正睡在石头公寓二楼无名屋主的房间。我记得是保安指引我穿越林子来到雷鸣的石头公寓，我想起在林子中看过表，那时才四点。这就是说，我已经睡了三四个小时。

我对自己的处境感到不可思议，我怎么会自说自话睡到陌生人的床上？就像喝醉的醉鬼，醒来无法理解之前的行为。我向来认为自己务实理智，是个现实主义者；用雷鸣的说法，也是个唯物主义者，即便如今说这个词不那么理直气壮。

但我从来都是社会和人际规则的遵守者，我对自己的违规行为，有一种更深沉的恐慌，就像意识到自己正在失智却无法控制。我想起之前在林子中的遭遇，那条蛇引起的恐惧和厌恶，又让我头皮发麻了。

我很怀疑这段过程的真实性，难道也是个梦？那片林子的大树遮天蔽日，就像热带雨林。然而这里是苏格兰小镇的冬天，树上的叶子应该已经凋零。如果林子是人们进出的道路，怎么会有蛇呢？

从踏上苏格兰地盘，我的现实感就开始模糊，人是晕的，会在瞬间产生跌入梦中的错觉。然而理智告诉我，这眩晕感是严重缺觉过度疲累造成。

我不断回想从气功教室来到这栋楼的路程。有一点我不会搞错，是白楼门口的保安让我走林子。他说，走过林子就到石头公寓了。没错,我按照他的指引走进林子。虽然林中景象有点超现实,但仍然是现实中的林子,否则,我又如何来到这栋石头公寓楼,并睡到了某人的床上?

六

门外有说话声,我赶紧坐起身,穿上衣服,捋顺头发,还没想好如何对人道歉,我已经打开了门。

在套间当作客厅的外面房间,雷鸣和一位女子坐在沙发上,她俩在做女红。雷鸣用钩针钩镂空的台布之类的编织物,另一位女子在织毛线,手势笨拙。她们脚边竹篮里的棉线和毛线连着她们手里的编织物。

这场景既古老又新鲜。很多年前,这是我母亲一代人经常做的手工活。她们也喜欢把竹篮放在脚边,织毛线时,连着她们手里竹针的毛线球在竹篮里滚动。我十岁那年就被母亲教导开始学织毛线袜,到了初中,我已经能织整件毛衣。上高中后便彻底抛弃女红,除了学业繁重的原因,也和整个时代的氛围发生变化有关。那时开始进入市场经济了,物质丰富了,羊毛衫替代了手织绒线衣,手工时代瞬间消逝。

当雷鸣和旁边的女子对我抬头微笑时,我才认出这位女子就是冰子。冰子的体型已经完全变样,她原先苗条紧致,如今发胖松弛，至少重了十磅，连眼睑都有些浮肿。

她们俩在等我醒来一起吃晚饭。

"这第一觉是睡不长的，我知道！"冰子说，她打量我，"你没怎么变，最要紧的是身材没走样。"

冰子这句话宽慰了我受惊的心情，至少她并没有麻木到对形象无感。可我仍然无法释怀，她曾经这般自律，怎会让自己变成大妈一样的身材？我们才四十出头，这种年纪好好修饰，冒充三十多岁女性完全没有问题啊！

应该说，冰子的气质仍然透出优雅，那是一种没有形状的气息。她五官细致皮肤白皙，曾经的鹅蛋脸如今变圆，有了双下巴。她的父母都是医学界的高级专家，冰子是在家教严格的家庭长大。她跟雷鸣一样不事修饰，直发半长却不像雷鸣土气。一件半旧中式黑色天鹅绒夹袄，令她变样的体型不至于太显眼，同时，也令她显得陈旧落伍。她曾经也是个时尚女性，作为学霸，没有被沉重的学业压垮，仍然保持上海女性爱美爱打扮的特点。八十年代末，她大学第三年去了美国，很快融合进去。同样穿牛仔裤T恤衫，她都是经过挑选和搭配，穿在身上很有型。她的前夫是ABC，当时还以为没有任何土气的冰子，也是从小在美国长大。

冰子的形象变化，是否和离婚后的消沉自弃有关？或者，也许，来到F镇以后洗心革面，将尘世的东西看淡，甚至放弃。我到底应该为她高兴还是难过？

"这衣服还是当初拿到美国签证，特地去襄阳路时装街淘来的。"冰子似在回应我打量她衣服的目光,"当年想着里面要衬厚毛衣,买大了两号,哈,哪里晓得厚毛衣在美国是没有机会穿的。这衣服近两年才拿出来穿,才发现非常好穿,在家出门都可以穿,尤其是这种阴雨天。我跟雷鸣一样,不喜欢室内暖气太足,也太浪费资源,宁愿多穿一些。"

冰子也在打量我,竟让我感到心虚。我身上的连帽长袖T恤和牛仔裤都是品牌衣,她当然看得懂。这些品牌虽然在美国打了很低的折扣,仍然是昂贵的。我出身平民家庭,长年过着精打细算的日子,如今刚刚有了点小钱便名牌上身,在冰子眼里是否有点"小人得志"?

我想转移话题,可她如今的境遇,让我从哪里打开话题?只怕一不当心就戳到痛处。

"两个现代女性,怎么想到古老的手工编织?"我笑问,装轻松。

"完工后拿到集市上可以卖钱,然后捐给我们的环保组织。"雷鸣回答我。

冰子在旁边耸耸肩,几分自嘲。

我接过冰子正在编织的毛线活儿察看,橙黄色毛线原本是漂亮的,但她编织不熟练,结针松紧不一,因而这块编织物不平整,显得丑陋,以我的标准。

我从她们脚边的竹篮里拿起一团柠檬绿粗毛线和两根粗竹针,对冰子说:"看看我这编织老手如何结绒线的。"

先起针。我用竹针飞快地绕着毛线,估算了一下一条围巾的宽度，起了四十多针。然后，一上一下编结起来。她们俩像看变戏法一样看着我手里的动作，直到我停针，已经编出半寸长的围巾。

"给我半天，我可以完成一条围巾，这是我母亲的功劳，小时候逼着我学过。没想到我在这方面有天赋，一学就会而且喜欢，可以一边看书一边织绒线，所以我天生是个家庭妇女。"

"家庭妇女"是我们读中小学时对没有工作的女性的称呼，带有贬义，至少，在我们这些自以为是的女学生心里，是个贬义词。

"明明在 show off，羞辱我的手笨不是？"冰子反唇相讥。

想起来了，我们之间经常刺来刺去。

"没想到，一到苏格兰就进入古老模式，搞个三人编织小组倒是挺疗愈的……"

我戛然而止，怎么会提到"疗愈"？

"这才好玩呢！我早就是家庭妇女，可惜编织这门手艺刚刚开始接触。"冰子笑说。她笑起来很美，一口整齐如牙膏广告的白牙。在我们那个年代，只有冰子母亲会带她去医院戴牙套。八十年代初，医院没有这项服务，一定是找了相熟的医生。

"不难，多织，熟能生巧，好处是这种活儿不动脑筋，对你是大材小用……"我又戛然而止，怎么搞的，好像总在戳她痛处，赶紧转话题，"怎么不问候一下我的长途旅行之艰辛？"

"还好吧，我不是去接你了？"

雷鸣的回答立刻让我鼻子哼哼。

"听听李小妹遇到了什么。"冰子看出我对雷鸣不满,有点幸灾乐祸。

"这一路消耗时间太长,遇到的乘客诡异,巴士车站古老落后,我一路像 homeless,到处找地儿睡,还做了超现实的梦。"

冰子哈哈大笑,笑得有点夸张。雷鸣便跟着一起笑,笑得更大声,也更夸张。但是,冰子的夸张和雷鸣不一样,雷鸣的夸张是不自觉的,是她的个性和特殊经历造成的。她幼稚轻信,渴望逃避现实,活在自己的世界。你尽可以不认同,但雷鸣对朋友热情,爱热闹,希望每天有聚会,希望宴席不散,属于和任何人都可以相处,都可以成为朋友的那一类人。冰子完全不同,你能看出她的夸张是装出来的,她内心骄傲得很,冰子的优越感让她和所有的人都下意识地保持距离,哪怕和我这种老同学。

"那你赚了,这一路让你得到多少素材,真为你高兴,能靠写作赚生活费。"

哼,赚生活费!这话我可以自嘲,从冰子口里出来就有点不入耳。女人之间的小嫌隙怎么这么让人心堵?

"其实不用这么辛苦。"冰子又道,"应该找旅行社买票,他们可以帮你找飞行时间最短的路线。"

听听,多不顺耳!这就是从来不考虑生存压力的人才会说的话。我一腔热血地想要好好同情这位忧郁症患者,她却摆出高姿态,她就是个骨子里的势利眼,活该她没法保住家庭。我只能在心里飙刻薄话。

"这个谁都知道,路线短,价格也上去了,本人还在赚生活费阶段。"我自嘲,已经锋芒毕露。

"我宁愿在其他地方节省。"冰子笑笑,"可以几年不买衣服,穷家富路,长途旅行多花钱值得,我们不年轻了,不能受累。"

"没关系,出身贫寒人家,这点累受得起。"

我已经样子难看起来,连粗心大意的雷鸣都看出来了。

"各人消费观不同。"她劝解道,然后笑说,"我就知道你们两人是欢喜冤家,在一起斗嘴,分开来又互相挂念。"

雷鸣已扔下编织物,在料理台前忙着,准备开饭。

"真的吗?我都忘记了过去的相处模式。"我对着雷鸣笑说,不再理会冰子,径直到水池边洗手。

冰子也过来洗手。

"你没有资格说'贫寒人家',我和雷鸣都有过吃不饱饭的日子……"

她是指那"十年",她们两家都遭到剧烈冲击。这"忆苦"在我听来,也带着优越感,这正好说明两家的父母都是somebody。

"没错,那正是你们如今可以炫耀的苦难。"

我回她一个笑容,冰子噤声。房间冷场了一分钟,连雷鸣都听懂我话里藏针,她也尴尬了。

我暗暗后悔，这针尖对麦芒的，后面的日子如何相处？早该知道，我和冰子只能远交不能近处。互相写信的那段日子，友情美好；一旦见面，就处处暗礁。这亦敌亦友的关系，让旁边的雷鸣为难。好在她心大，马上吆喝起来。

"开饭了！请远道来的客人喝鸡汤。"

雷鸣常用国语说些书面语，像在朗诵，这便是雷鸣式的夸张，有时，比如眼前的场合，还是起到了缓和气氛的作用。

我这才明白过来，这间套房就是雷鸣的房间。我又疑惑了，难道是本能将我引导到一个对的地方？可我往日理智强大，对本能没有感受力。

套房的客厅连着开放式厨房，有电磁灶和烤箱。

雷鸣把汤锅端到桌上，打开锅盖，鸡汤的香味随着热气袅袅弥散，我立刻饥肠辘辘。

冰子不声不响摆出碗筷，并为我倒了一杯温水。我才发现自己渴得要命，这种小体贴雷鸣是想不到的。当然，我完全可以给自己倒一杯水，但冰子这个动作却无声地解开前一刻结下的芥蒂。

雷鸣说鸡汤专为我做，她和冰子都是素食者。我正心怀感激，她却告诉我，今晚的主食是水煮玉米，我立刻拒绝。

"我最讨厌水煮玉米，没有米饭吗？"

"好久不买白米，我们现在都只吃粗粮。"

"只吃粗粮"这话把我气坏了，如今"养生控"快成邪教了，他们到处宣传白米饭如何如何有害，听起来白米饭几近毒药，传统的碳水食物都被抛弃。

"看来明天我得自己去超市买米了。"我没好气。

冰子闷声不响从料理台上端来迷你尺寸的电饭煲,打开锅盖,锅里的白米饭冒着热气和香气。

"哪里来的电饭煲和白米?"雷鸣惊问。

亏她在料理台前忙了半天,竟然没有发现。

"当然是从超市买来的,今天下午开车去了一趟东方小超市。"冰子轻描淡写,"我猜李小妹同学可能想吃米饭。"

说着,冰子把我拉到冰箱前,打开冰箱冷冻柜,里面塞了几包冷冻饺子和菜包子,又打开冷藏柜,内有袋装榨菜、瓶装乳腐、咸蛋、皮蛋等。

"这都是为你准备的,不用担心。"

"好呀好呀,我的中国胃不会闹饥荒了。"我笑了,心里自然充满感激,可对着冰子,想说感谢话却开不了口。

"分明是在馋我嘛,看到酱菜我也想吃泡饭了!"雷鸣在我们身后对着打开的冰箱叹息。

"平时我们都是跟着他们在公众食堂吃,西式为主,雷鸣吃酱菜的坏习惯被我纠正了,现在她看到酱菜就像戒酒的人看到酒。"

冰子耸耸肩,姿态里仍有她身上自带的傲气。我现在可以视而不见,只有看到她做的这一切,才能触摸到她内心柔软的一面。

我以为是雷鸣把冰子带成了素食者,未料是冰子先吃素,雷鸣跟着她吃素。她们俩又做了凉拌黄瓜和蔬菜汤。

我坐到桌边才发现桌上摆了四套餐具。

"还有谁会来？"

"那位今天到达的美国人邓布利多。"

邓布利多？我愣了一愣，这名字有点怪，为何耳熟？

"要等他吗？"我问道，已经饿得等不及了。

"不用，他应该也在睡，醒了自己会下来。"雷鸣回答我，"他就在楼上，上面有三间卧房，是给男士们的，他们只有两间公用厕所带淋浴房。你和冰子，和我住同一层，我们都有自己的卫生间。"

电饭锅小到只能做两小碗米饭，我喝了两碗鸡汤，用拌黄瓜和榨菜下饭，吃了一碗半饭。

"还有半碗饭可做一碗泡饭当早饭吃。"冰子满意的口气。她起身收拾料理台，顺手把电饭煲里的饭盛到一只干净的碗里。

我禁不住笑了，以前和冰子的对话里是没有日常生活细节的，如今当过人妻的冰子接地气了，看她收拾料理台动作利索。

"我早上倒是不吃泡饭，我要喝咖啡，最好有全麦面包配黄油果酱。"

我告知后，冰子和雷鸣竟拍掌欢呼。

"终于，我们的早餐达成统一。"

"你们以为国内老百姓还停留在七八十年代？这是我在上

海吃了二十多年的早餐。"我非常不以为然。

"你太敏感了！"冰子说，"我们以为国内的人更讲究，早餐吃得多好，豆浆啦油条啦鸡蛋啦肉松啦，我们这里鸡蛋有的是，就是没有新鲜豆浆和油条，肉松也看不到。"

"每个家庭都有自己的生活方式。"

简直是最烂的大道理，我刚出口便后悔，什么时候变成了锱铢必较的小气鬼？

"是的是的，今天怎么搞的，说话一直出错……"

"对不起，是我迁怒于你，我本来是要对雷鸣发脾气。"

我只能半开玩笑将矛头转向雷鸣，屋子里有个冰子，雷鸣的存在感立刻弱化。她正在啃水煮玉米，这么爱吃肉的人，竟然跟着冰子养生自虐。

"雷鸣常常好心做错事。"冰子的口气，好像雷鸣还未成年。

"到达小镇后雷鸣便把我放到气功教室，完全不顾我三十八小时耗在路上，我不得不在众人面前起身离开，否则我会倒在地上呼呼大睡，要是打鼾怎么办？真的，我丈夫告诉我，最近一两年，我也开始打鼾了。"

冰子哈哈大笑，这一次是真笑得欢。

"雷鸣风格，完全是雷鸣风格！"她朝雷鸣举起拇指。

"你应该试一试气功的，他们都说气功比睡觉还解乏。"雷鸣并不觉得好笑，"气功的好处……"

"Stop！Stop！"我捂住耳朵，"不要跟我提'气功'两个字，我不相信的。我不远万里跑到苏格兰来学气功?我老妈家弄堂里就有一个气功师,也称自己是大师……"

冰子哈哈哈哈地笑弯了腰。

"过几天你就会改变看法,你问冰子……"

"不要问我,我现在看到李小妹怕了。"冰子做投降状。

这一次是雷鸣哈哈大笑。

"看见你们,我竟然忘记今天遇到的最可怕的事!"我煞有介事,她俩都愣着看我,"现在想起来又头皮发麻了。"

"大白天就遇到鬼了?"

雷鸣的问话又把我吓了一跳,我一时发愣。

"你别吓唬她,李小妹脸色都白了。"冰子这句话并没有玩笑的意思。

"我在那片树林里看见一条蛇。"

"怎么会有蛇?"雷鸣果然不相信,"从来没有听谁说起林子里有蛇,毕竟这里靠近镇中心。你看清楚了?"

"它从我前面的石子小路穿过去,就像过马路,从林子这边过到那边,扭动着细长的身体,头却是抬高的。"我比画着蛇抬头的样子,"一眨眼就不见了,我和它才差了两步,走快点就踩上了。"

"哟……吓死人了!我最怕蛇!"冰子怕冷似的抱住双肩,"比起老虎狮子,蛇更让人害怕。老虎狮子长得彪悍还有点萌,在动物园最受欢迎,谁会去动物园看蛇,太恶心了。"

"是的,蛇的形象就是阴暗。"我又道,"再说了,这片树林也特别阴森，树又高又密，把天空都遮住了，树上好像停着大鸟……"

我向她俩形容了一番我的尖叫引起的翅膀扑腾的声音。

"听起来好诡异，我没有走过这片林子，我怕林子里有各种昆虫。你刚来怎么会走进林子呢？"冰子表示不解。

"是啊，这片林子好多年没有好好打理，我们也很少进去。你怎么会去林子？"

雷鸣的问话让我来气。

"都怪你，突然消失了，我困死了，想到你的石头公寓睡觉，从气功教室出来，一位保安指引我走这条路。"

"你从气功教室过来，可以走林子外面的步行道。那条路看起来远，其实更近。林子里这条小路，修得曲折，因为要绕开大树树根，绕来绕去，绕出不少路来……"雷鸣顿了顿，好像才意识到，"奇怪的是，怎么会有保安给你指路？我们这里没有保安啊！"

"一个穿保安制服的保安，站在你们气功教室这栋楼的门口。"

"我们这里只有义工，没有人穿保安制服，你说的制服是什么样子呢？"

没有保安？我脑子又乱了。为什么我觉得这人是保安呢？他穿了一套上装和裤子颜色相同的制服样式的衣服。我一时不知如何描述那身制服，因为我突然想不起来那套制服的颜色和样式。反正在我看到他的第一眼，就认定他是保安。

雷鸣和冰子询问地看着我,我摇摇头。

"我人生地疏的,怎么说得清?不是保安又是谁?普通人怎么会穿制服?你说这里没有保安,这个人干吗穿制服?你们小镇居民喜欢穿制服?"

我没有好气,雷鸣却满脸兴奋,轮到我和冰子看着她。

"这是魔法的力量,也许,你突然到了另一个次元!"

七

"雷鸣你是说笑话吧?一点不好笑。"我鼻子哼哼冷笑。

"这不是笑话,我们F镇,魔法力量大,你才有机会走进另一个次元,在四次元。"

"那么,我们现在几次元?"

"当然是三次元。"

"算了雷鸣,别给我们讲你的童话,谁会相信呢?除了三岁小孩。"冰子虽然笑说,口气是轻蔑的。

"除了三岁小孩,还有那些沉浸于动漫的孩子,谁会以为自己活在二点五次元!我家孩子是日本动漫迷,都耽误了学校功课,说到次元,都会让我生气。"我脸色不好看了。

"好吧,如果你们不相信,forget it。"雷鸣语气宽容,似乎表示不和我们一般见识,"我知道,说什么都没用,一定要自己去体验。就说那个林子,虽然多年未修整,但也不至于树叶密到遮天,还停着一群大鸟,毕竟是一小片林子,又不是原始森林。"

"你别是刚才做了个梦?"冰子问。

"问得有道理,但我知道我没有做梦。"

"明天我们三人一起去走一走,你就知道这林子只是凌乱,还远远没有到原始森林那样茂密,让你透不过气来。"

"我当时的确有透不过气来的感觉……"

"这我相信。"雷鸣情绪又上升了,难掩兴奋,"你看到的树林景象,你的感觉都是真的,只不过发生在另一个平行世界。"

"又来了,奇谈怪论……"我皱眉摇头。

"我知道她想说什么。"冰子对我道,又转向雷鸣,"不过,现在不是你宣传量子力学的时候,这个理论复杂又充满争议,不是你理解的那么简单……"

冰子的语气不屑,潜台词是,雷鸣的程度不配聊这么高深的话题。

"怎么会说到量子力学?"

"因为她说到另一个平行世界。"

"不要聊这种话题好吗?头胀死了。"我对着雷鸣捂住耳朵。

"不管有没有那个平行世界,明天我是不会去那片林子的,我怕蛇。"冰子告诉雷鸣。

我也斩钉截铁拒绝:"我就更不想去!雷鸣,你倒是应该带我走一走那条步行道。"

"对啊,雷鸣至少要做一天地陪,带着李小妹把小镇走一遍,熟悉一下环境,至少不会把这里的居民看成保安。"冰子说着便哈哈大笑。

看她这个劲儿,哪里像得忧郁症?她的笑也带动了雷鸣的情绪,雷鸣是由衷地开心。

"李小妹看到的保安也是真的,不过……"

"拜托了……"

我和冰子异口同声制止她,我俩对看一眼,忍不住笑了,莫名地笑得欢乐,于是雷鸣得意了。

"把你们俩叫来算不算我的本事?"

"你做过传销,有洗脑本领!"

"雷鸣的传销会议都在我家开过。"

"真的吗?"我问雷鸣,"居然敢到冰子家开会,她不是有洁癖,不让陌生人进家门?"

"你听她瞎说。"雷鸣否认得干脆。

"我瞎说了吗?你说带朋友过来,来了一群,坐在我家客厅,讲的是你们之间的业务。"

"我不记得了。"

"你是记不住,你那段时间跑了太多地方,去了不止一家……"

雷鸣朝冰子做了个鬼脸,起身道:"我给邓老师准备一下他的蔬菜色拉。"

"不用准备,都是现成的有机蔬菜。"冰子打开冰箱门,拿出一袋蔬菜,"等他下来,拌一下橄榄油和意大利醋就可以吃。橄榄油和意大利醋我也买了,都是好牌子,这瓶意大利醋比橄榄油还贵。"

冰子从料理台上拿起一瓶意大利醋给雷鸣看。

"你要和他算钱的。"

"这些小钱,还跟他算?"

"当然要算,去年就是这样,邓老师如果不吃工作坊的伙食,可以不交伙食费,他自己付费买他的食物。"

雷鸣一脸严肃,顶真起来。

"看到没有,雷鸣像不像个管家婆?"

冰子耸肩做鬼脸。我觉得她的言谈举止里有着玩世不恭的倾向。她不再是往日那个披着淑女外衣、内核是爱拼爱赢的女斗士了。

"工作坊财政归我负责。"

雷鸣回答得认真,想来是个负责的财政干部。她拿起蔬菜袋,看了看袋子上的价格牌,叹息了。

"有机蔬菜比肉还贵,在我眼里很奢侈了!我们工作坊的食物,都是从普通超市买……"

"这是我用自己的钱买的。"

"就是嘛,你做惯了医生太太,在你眼里是小钱。"雷鸣的话里有了责备意味,"其实,我自己在家做饭,也是去普通超市买食材,有机食物还是有点消费不起,除了牛奶是买有机的。

冰子，我的意思是，这里有这里的规矩，你不用跟邓老师客气，亲兄弟，明算账，你要是不跟他算，我去跟他算。你收据给我。"

"我不知道带着没有，真吃不消你这管家婆的腔调！"

冰子边说边掏口袋，倒是掏出了收据。

雷鸣从冰子手里拿过收据，看了一眼便惊呼："看看，真够贵的，居然花了四十英镑！"

"橄榄油和意大利醋可以用好几次。"

"冰子，你现在靠赡养费过日子，花了这么多钱，怎么可以不算？"

粗枝大叶的雷鸣还是有细心体贴的时候。

"不要把我说得这么可怜，我 anytime 可以找工作，不想找罢了。"

"找工作是容易，以你的高标准又不容易了，除非你降低标准。"

"我宁愿做义工，也不会降低标准。"

"你就是太盛气凌人，所以婚姻出状况我一点也不奇怪。"

真是服了雷鸣，这么直截了当，话是没错，但也太不懂人情世故了。果然冰子说话也难听起来。

"你以为我低头伏小就能保住婚姻？你又不是没有离过婚。"

"我的情况跟你不一样，我那位是性欲狂，是精神病。"

天哪，我当即懵了！雷鸣的离婚原因我可是第一次听说啊！

房间一时冷场。冰子没有料到雷鸣会放出这颗"炸弹"。她走到窗前喝水，背对着我和雷鸣。

雷鸣倒是显得心平气和。

"我一直没有机会告诉你我为什么离开卢生……"她回答我脸上的惊诧。

我朝着雷鸣摇头示意，表示此刻不想听。

我对着冰子的背影道："刚才雷鸣问你要收据时我还觉得挺温馨，怎么就突然演变成吵架？"

冰子转过身，我制止她："先听我说完。我想说，我们这代女人都是铁娘子，哪怕表达情意也是带着火药味，我们是在上一辈的争吵或者争辩，或者斗争，whatever，反正是在火药味中学会讲话。我虽然没有离婚，但这婚姻就像风雨飘摇中的破棚子，随时会散架。我和你都太刀子嘴，即使豆腐心又如何？已经把对方刺伤了。说真的，我们三人中，雷鸣个性最好，总是高高兴兴、劲头十足，即使说一口破英语……对不起我又要刺人了……"

"我发疯时你们都没看到。"

"我能想象。"我回答雷鸣，"只能说，你找对人了，你那位做警察的英国老公见多识广，不怕你发疯。"

我瞥一眼冰子，以为她会认同，她却抛来带刺的问句。

"你刚才是代表我做检讨吗？"

"你看又来了不是？"我没理她，对着雷鸣说。

雷鸣眼里有了笑意。我趁机扯开话题，问雷鸣："奇怪的是，怎么又出来个邓老师？没听你说起。"

"不就是那个美国人邓布利多吗？简称邓老师。"冰子解释道。

我便笑了，雷鸣跟着笑，于是冰子也笑了。"笑"真有一种奇妙的化学作用，我们三人竟然就因为"笑"而真的高兴了，仿佛电视换了频道，从刀光剑影变成歌舞升平。

"在这里看到你们两人，我好有成就感，把上海滩最'作'的两个女人弄到我们偏僻小镇。"

雷鸣又开始重复性地自夸，她不计前嫌也太快了！"性欲狂"三个字还压着我呢。

"雷鸣把一个耶鲁医学生叫来这里，对我很有说服力。"

我说这话，是在表达自己之前对冰子睚眦必报的歉意。

"你真的以为我相信什么外星人降落的能量点？或者说，我上这儿是来避难，因为地球要毁灭了？"

冰子没有玩笑的意思，毫不掩饰她的不以为然。

雷鸣却笑嘻嘻的。她这个人对别人的反应一向不太在意。她是输出型人格，总是在宣扬她新得到的各种观念，杂七杂八，大到宇宙，小到某一样食物神奇的养生作用。可这一次她回应了冰子。

"我承认不完全是我的说服力，邓老师也起了作用，但邓布利多是我介绍给你的。"雷鸣转脸对我解释，"就是今天来的美国人，他和冰子今天之前没有见过面，是我给他冰子的联系方式，两人先在邮件聊，然后电话聊。邓布利多能说会道，他跟斯老师一样，对中国道家有研究，学问好着呢！"雷鸣说着，站起身，"我去楼上看看，说不定邓老师被斯老师请去吃饭了，我们却在这里等。"雷鸣对着冰子坏笑，"斯老师想见他的心情比我们还急切呢！"

冰子的脸色立刻不好看了。

"哪有老师急着见学生，不太像大师作风。"

"冰子，你吃醋了？"

"我吃醋？"冰子哈哈一笑，"斯老师可能有学问有本事，但作为女人，已年过半百，可以做邓布利多的阿姨了。当然我也可以做他阿姨，是小阿姨。"

"小阿姨听起来有点暧昧。"我忍不住插一嘴。冰子的这番话恰好说明她的确吃醋了。

冰子笑着指了我一下，正要说什么，却听到雷鸣在说："邓老师和斯老师一年前就认识了，可能邓老师崇拜斯老师，也有可能斯老师崇拜邓老师，所以，他们的关系属于精神上的共鸣，不存在年龄和性别问题。"

雷鸣的话，没有玩笑的意思。这便是雷鸣可爱的地方，别看她平时神神叨叨的，活在自己的世界，有些时候她率真的眼神还是能洞察到某些真相。

正在此时，响起敲门声。

雷鸣打开门便笑了："嘿，真是说曹操，曹操到，正要上去找你呢！"

走进门的美国人,把我惊得从桌边跳起来,他不就是那位让我一路不爽的阴沉男吗?

他进门的第一秒钟就瞥见我,却即刻移开目光,仿佛视而不见。

"吃饭了吗?"雷鸣问。

"已经在斯老师那里吃了。"

"果然被我猜中了。"雷鸣对冰子说,脸上仍带坏笑。

"我特意为你买的有机蔬菜,比肉还贵。"

冰子耸耸肩,对见面不久的美国人说这句话颇不客气,这便是冰子的作风。然而,她却以一种凝视般的目光专注地看着他,仿佛她第一次面对他。今天下午,冰子不是在接待他吗?

他也在看她,以同样的专注。我想起一条定律,两人之间互相凝视六秒钟便会产生火花。

"对不起,明天我可以吃你为我准备的蔬菜色拉。今晚,斯老师太热情了。"

美国人的回答让我突然意识到他们是在用汉语对话,这位美国人能说流利的汉语。

"邓老师,有机蔬菜,还有调色拉的橄榄油、意大利醋,都是冰子帮你买的。"雷鸣说着,把这些东西一一指给他看,然后,拿出收据单,"这是她垫付的金额。"

雷鸣倒是说到做到,用她公事公办的口吻。

美国人接过收据,脸转向我,伸手欲与我相握,好像他才看到我似的。

"你好！我叫邓布利多。"

他用美国人遇见陌生人的方式对我招呼，他们通常先报自己的名字。

"我们不是一起坐了两部飞机？"

我没有回答他的招呼，而是开门见山，直接发问，对他先前的"视而不见"表示不满。

他摇摇头，面无表情看着我。他眸子深蓝，起雾一般，突然失去焦点，我心里"咯噔"了一下。

"芝加哥到阿姆斯特丹，再从阿姆斯特丹到爱丁堡，这一路你坐在我边上，靠走廊的位子。"

我必须追问下去，这关系到我的头脑是否有问题。

他垂下眼帘，似在躲开我紧逼的目光，然后，转脸对着冰子和雷鸣。

"我是从纽约直接飞到伦敦，在伦敦转机到因弗内斯。"

"太奇怪了，他是很有特征的，我不会认错。"对着一脸错愕的雷鸣和冰子，我忍不住说起上海话。

"在我们眼里，老外彼此长得很像。"

冰子的话又让我光火了。

"我又不是第一次到西方，他很有特点，脸特别苍白，鹰钩鼻子，加上这副眼镜，圆镜片眼镜。我当时还在想，此人的眼镜很像道具，后来才想起电影里哈利·波特就是戴这样一副眼镜的。还有这件黑色T恤，粗一看与我撞衫，坐在一起就像穿情人装。飞机上有个乘务员还以为我们是一对儿。请注意他的黑色牛仔裤和球鞋，他穿了一双黑色的Nike球鞋。我当时还在心里讽刺他，倒是按照自己的肤色，认真配了衣服鞋子的颜色，哼！"

我没好气地哼了一声，把雷鸣和冰子逗笑了。她们打量他又打量我，至少我提供的这几个特征都还在。

"他为啥不承认呢？"她俩异口同声问。

当着邓布利多的面，我们三人用我们自己的城市方言讨论起来。

"太奇怪了！"冰子皱眉了。

"是有点奇怪。"雷鸣高兴地笑了，"故事开始复杂了。"

这位美国人不解地看看她俩，又看看我。他看我的眼神为何让我莫名心跳？这种感觉却又无法说出来。

"不过，他比你早到好几个小时。"冰子指出。

"如果他从爱丁堡机场租车开过来，当然会比我早到。"

"你们还在讨论我吗？"

美国人终于发问，他又迅速瞥了我一眼，转脸问她俩，他果然是没有笑容的，脸上几无表情。

"请问，你是双胞胎吗？"我问邓布利多，问得不太客气。

"当然不是。"他耸耸肩，表示奇怪，那眼神仍然是冷的。

我朝他眯眼一笑，忍不住放电，身体涌起征服他的欲望。

"算了，这并不重要，寻根究底地问下去，不太礼貌。"冰子轻声制止我。

雷鸣则目光疑惑。

"我怎么更相信你说的?"雷鸣认同我。

我们继续在用自己城市方言对话。

"当着他的面,我们还要继续讨论下去吗?"冰子问我俩。

邓布利多离开时,对雷鸣和冰子说了一番客气话,并拥抱了她们。

他最后也来拥抱我,居然说了一句玩笑话。

"但愿我们真的是飞机上的邻座。"

我有些生气。于是,我的拥抱有了报复意味:我故意把身体紧紧贴住他的身体。我的热身体像热火炉围住他的冷身体,顷刻间产生了化学反应,连我自己都被电到了……

八

这天晚上,我睡在雷鸣的房间,就为了她说的那句话:"我怎么更相信你说的?"

我急于向雷鸣抒发一路上对这位飞机邻座的郁闷感。

如果没有见到他,我可能已经不在意了。问题是,他现在让我变成可疑的头脑不清的人了。而冰子似乎更愿意相信他。

我向雷鸣描述他在长途飞机上不吃不喝,以及他对我这个邻座完全无视的态度。

"这倒很像邓布利多的行为。"雷鸣回答我,"他说过,他不会随便喝外面的水,他只喝发过功的水,因为进机场是不能带水的,所以他可以忍十几小时。你说他在飞机上一声不吭,也不和你打招呼,很有可能他已进入另一个空间……"

"拜托了,现实一些好不好?"我打断雷鸣。

"这也是现实,只是你看不见。"

雷鸣的回答竟有几分禅意。

突然想起年幼时进学校前,内心是相信超自然力量的。记得有一天,母亲买菜回来,一堆分币从口袋掏出,留在桌上便匆忙上班去了。我对着那堆分币犹豫了很久,如果我拿走几分钱去买零食,母亲是不会知道的,可我不敢,我总觉得上天有一双眼睛看着我,我会受到惩罚。

我现在已经四十二岁,生活在科学观界定的世界太久,我拒绝被雷鸣带去她的灵异世界。

"这是你眼中的现实,不是我的现实,看起来我们的现实观有巨大差异。"我告诉雷鸣。

"唯物主义的世界其实很小,边界太明确。"

我有些吃惊,雷鸣并不是我想象的那么幼稚。

"这位邓老师日常生活中也是这么不苟言笑吗?"我试图把话题扯到令我困惑的人身上。

邓布利多的否认让我产生漂浮感,我需要廓清眼前的迷雾,回到结实的地面。

"他和女性相处非常严肃,尤其是你这种不太传统的女性。"

"他怎么看得出我不太传统?"

"打扮时尚,眼里有股叛逆劲……"

"哦,你倒是粗中有细,居然还能看出我眼睛里的东西。"

"你以为我傻呀?你不觉得我常常装傻?"

我有些吃惊,我的确看轻雷鸣的智商。不过,坦承自己"装傻",还是有股"傻劲"吧?

"所以,你现在也能认定他就是飞机上我的邻座?"

"哦,我都糊涂了!"雷鸣停顿片刻,好像在作抉择,"既然邓布利多否定了,那只能相信他……"

"你不觉得邓布利多这个名字很熟悉吗?我刚才一直在想,现在终于想起来了,《哈利·波特》里的魔法学校校长,就姓邓布利多!这个美国人一定是'哈迷',给自己改了名字,连眼镜都是电影风格。"

"他其实出生在法语区的蒙特利尔,读大学去了美国,不再离开。说他是'哈迷',他并不承认,去年有人问过他,他说,他从小就戴这个风格的眼镜,名字也是巧合。"

"呵呵,喜欢哈利·波特,或者喜欢邓布利多,都很正面,如果纯属巧合反而让人心里不安。"

我此时心里真有些忐忑,也许写多了悬疑故事,我甚至怀疑他是否……是否有案在身。当然,这只能放在心里存疑,说出来会伤害我的两位女友对他的敬意,弄得不好,她们会以为我有妄想症。

"说真的,今天遇到你们这位邓老师,让我好不舒服,我可以百分之一千肯定,他就是我飞机上的邻座。"

我语气阴沉,没有半点玩笑的意思,我讨厌这种让现实变得模糊不清的把戏,但愿邓布利多只是故弄玄虚,而不是有什么隐情……我努力咽下我的疑问,不如停止追究,否则,我自己会被搞得神志不清。

"这件事很神秘,用你熟悉的现实很难解释,你以后可能还会碰到这一类怪事。不过,我和我们这里的居民不会觉得怪,我们的世界观让我们觉得你们眼里的怪事其实很容易解释。所以,我们才会相信,地球毁灭那天,我们这里安然无恙……"

我开始后悔与雷鸣一起睡,给她机会向我进行"再教育"。我心里在盘算是否还有可能回我自己的卧房。

我本来还想告诉她我在爱丁堡巴士站做的梦,现在当然不会再提了。那是在给她提供证据。

不过,我对自己承认,我的世界观受到了挑战。巴士站的梦已经是小 case 了。刚才在客厅时,我提到的保安和林子,包括那条蛇,也就是我亲眼看见的"现实",因为雷鸣的质疑突然变得似是而非。紧接着又遇到飞机上的阴沉男,遭到他的否认,令我不安,几近恐慌,一时间因为雷鸣对我的认同而愿意和她同卧一床。我睡眠不好,不仅不跟外人睡一房,在自己家都恨不得和丈夫分床。今晚我怎么会在睡觉这件事上,作出有悖我自己习惯的决定?

我在为一连串的荒唐事费神时,雷鸣在我耳边宣讲她的那套世界观。她不讲逻辑，天马行空。我只明白一件事：此时搬房间也不可能了。

"我想八卦一下。"为了制止雷鸣的絮叨，我岔开话题，"刚才突然发现冰子对这位邓老师很有感觉。"

"据她说，他们在电话里聊得很深，有一种精神恋爱的感觉。"

"真的吗？"我吃惊，"这位美国人真厉害，电话聊天竟然让冰子有恋爱的感觉？他们今天之前并没有见过面，不是吗？"

"是的，为了让冰子过来，我让邓老师去说服她。"

"你刚才还说，这位邓布利多可能是个禁欲主义者。"

"所以，冰子说是'精神恋爱'。"

"精神恋爱也是恋爱，并且是互相的。"

"这只是冰子的感觉。邓布利多是走禁欲路线的，他自己这么说的。上一次在这里住了两个月，不近女色，我们都看在眼里。"

"我在你们的气功教室瞄了一眼，都是上年纪的人，他还年轻呢，怎么可能对上年纪的女人有兴趣？他这种冷冰冰的类型，冰子倒是会喜欢的。"

"假如他们能成一对，是好事。不过，我不希望他们俩在这里闹绯闻，斯老师会非常反感。"

这有点不像雷鸣的为人，她以前从来不管别人的私生活。

"恋爱是自由的，斯老师有什么资格管制别人恋爱？尽管你们称她大师。现在国内自称大师的人，不少是骗子。"

071

"你明天见到她就知道了,她是个很质朴很谦逊的人……"

这又是个冗长的话题,在雷鸣滔滔不绝的辩解中,我勉强哼了几声作为应答,便沉入梦乡。

我醒来时天色亮了,晨曦里卧房窗外的浓密树影令我一惊,我想闭一下眼睛,好像又睡着了。

我再睁开眼睛时发现,天并没有亮,我仰起身朝窗户看去,窗玻璃被窗帘遮住,除了光线能穿透窗帘,窗外的景物是透不进来的。我打量这间陌生的睡房,然后才醒悟,我已身在苏格兰的F小镇。对于刚才瞥见的窗外的树影,我必须让自己相信,那仍然是梦中的景象,虽然我明明记得自己曾经睁开眼睛。

我原本和雷鸣并排睡在她的床上,可是,雷鸣不在床上。

门缝里透出客厅的灯光,我打开门看见雷鸣和冰子在长沙发上各卧一头,都睡熟了。想来是聊天聊着入睡了。她们俩身上没盖东西,套间的暖气开得很低,客厅比卧房大,温度比卧房低,我想了想,还是把她俩拍醒了。

"会感冒的,不如上床好好睡。"

"对不起,说话声把你吵醒了吧?"

"倒没有,我醒来时,你们不是都已经去'苏州'了?"

我笑答冰子,我们俩现在说话的态度是客气的。想起先前的唇枪舌剑,此时的我们才像成年人之间的相处。

"想不想喝咖啡,我给你们煮咖啡?"

雷鸣也醒了,揉着眼睛,高高兴兴发问。

"你又发疯了！"我笑斥雷鸣，"还没有正儿八经睡觉，就要喝咖啡？女人睡觉第一，我要继续睡，你们也是。"

"那我上去了，我也是不能缺觉的，虽然要靠安眠药。"

冰子说着便起身迅速离去，雷鸣便也睡回了床。

为了保持睡意我忍住好奇，没有询问雷鸣何以半夜三更冰子又来了。冰子和雷鸣有什么可聊？她以前发过这方面牢骚，说和雷鸣没法聊天。

是的，雷鸣很少一对一聊天。她总像在开讲坛，每隔一段时间有个主题。不过，在多人聚会上，她却会带动气氛，用她总是很high的劲头。

雷鸣回到床上很快鼻息咻咻的，我却睡不着了。睡不着就要上厕所，我怕吵醒雷鸣，索性穿上衣服去了客厅。

客厅家具很少，小圆台子配四把椅子，长沙发配茶几。靠墙有小书架和壁柜。书架上书不多，却有道家经典《庄子》《道德经》和《易经》。我很怀疑雷鸣是否啃得动古老的学问，我的人生还未有兴趣也没有时间去翻阅这些书。

书架上有一本《薛定谔的猫》，原来这是一本书？国内经常有人用"薛定谔的猫"来说事，我当时还想怎么这么无聊，老是把娱乐圈某人的猫拿来说事。我翻了翻书，看内容介绍才知，薛定谔竟然是奥地利的物理学家，这是一本关于量子力学思维实验的书。哦，怪不得雷鸣把量子力学挂在嘴边，我当即从随身带的双肩包里拿出笔记本电脑，用最快捷方式了解"薛定谔的猫"到底说什么。

网上有大段文字介绍，我看了好几遍，才稍稍搞清状况。所谓"薛定谔的猫"是薛定谔做的实验：在一个封闭的匣子里，有一只活猫及一瓶毒药。毒药瓶上有一个锤子，锤子由一个电子开关控制，电子开关由放射性原子控制。如果原子核衰变放出阿尔法粒子，触动电子开关，锤子落下，砸碎毒药瓶，释放里面的氰化物气体，猫必死无疑。然而，原子核的衰变是随机的，科学家们无法知道，衰变发生在上午还是下午，因此猫可能活着也可能死了。如果不揭开盖子，便无法知道猫是活着还是死了。然而打开盖子，触动电子开关，锤子落下，砸碎毒药瓶，释放出里面的氰化物气体，猫必死无疑。

量子理论认为，如果没有揭开盖子进行观察，我们永远也不知道猫是死是活，它将永远处于既死又活的叠加态，这使微观不确定原理变成了宏观不确定原理，一方面客观规律不以人的意志为转移，另一方面猫既活又死违背了逻辑思维。

薛定谔挖苦说，按照量子力学的解释，容器中的猫处于"死—活叠加态"——既死了又活着！要等到打开容器看猫一眼才决定（请注意：不是"发现"而是"决定"）其生死。仅仅看一眼就足以致命！

之后，便有哥本哈根作出的"多世界解释"，在他看来，这只猫是百分百的死，百分百的活，不过是在平行世界。根据这种解释，我们不知道自己身处哪个世界，直到我们亲眼看到。

因此有一类科学家试图用"平行宇宙"（多重宇宙）的概念加以解释，说实际上电子的选择有很多种，而当我们观察时，其他的选择立即消失，只能呈现一种选择结果。但是其他的选择在其他平行宇宙也在上演，就犹如有无数个你存在于不同的平行世界，只不过在不同平行世界的人生会各不相同。

我头开始发晕，也更加糊涂。然而，我似乎又有点明白，雷鸣的"平行世界"是有出处的，是来自科学家的多宇宙理论。

书架上还有一本《上帝掷骰子吗》，我顺手打在电脑上，这本书被定义为量子力学入门科普。书中的章节名称却有文学色彩：诸如《黄金时代》《乌云》《火流星》《曙光》《歧途》《回归经典》《不等式的判决》等等。

第一页上的几个段落便让我心跳了。

"不存在一个客观的、绝对的世界。唯一存在的，就是我们能够观测到的世界。"

"宇宙在薛定谔方程的演化中被投影到多个'世界'中去，在每个世界中产生不同的结果。这样一来，在宇宙的发展史上，就逐渐产生越来越多的'世界'。历史只有一个，但世界有很多个！"

网上有读者哀叹："三观崩塌了！"

还有人说："多宇宙理论最让人心发慌了……"

更有人危言耸听："其实物理学是一本恐怖小说。"

这本书有庞大的读者群，让我发现这不是一本冷门的书，我从不关心的量子力学竟然是热门话题。

如果雷鸣也成了量子力学崇拜者，只能再一次说明，雷鸣一直在忙着赶新潮流。

我把这本书放回架子，我此时越想读这本书越不敢读，至少，我不想在 F 镇读这本书。

书架上另一本《见微知著》也与量子力学有关，"灵遁者"这个作者名字便让我却步。我想到飞机上的阴沉男，名叫邓布利多的男人！他为何不承认与我同坐一架飞机？没有可以想象的理由去否认一件无关紧要的事。也许他们真的不是一个人？他们真有相同的外貌特征，穿了相同的黑色 T 恤和黑色 Nike 球鞋？假如连宇宙都可能不止一个。

九

我不能再往深处想，我已经开始心跳加速，眩晕恶心。我试图躺到沙发上睡一下，然而，平躺下来，反而更烦躁。我想起父亲有神经官能症，我以前一直担心自己遗传到这个病，虽然这病更像是一种心理过敏症，因此很容易在某种状况下被诱发出来。我嘀咕了一声"ridiculous"，让一个似是而非的陌生乘客诱发出我身体里潜藏的神经官能症，也太荒唐了吧！

我从沙发上起身，将注意力放在书架上更多的与养生有关的书上。除了气功——我的目光匆匆掠过这一部分书——还有好几本素食菜谱，好几册杂志类的精油手册。一部精装版的《圣经》令我摇晃的身体有了支点。我抽出《圣经》捧在怀里。

我抱着《圣经》没有翻阅，把视线投向房间里的日常生活用品，我需要现实的细节，帮助我回到熟悉的世界。壁柜上的电视机和DVD放映机，让我松了一口气，这就是说他们在这里也享受电视娱乐。

在雷鸣的描绘中，我很容易把这里想象成美国中西部的Amish社区——离我访问的大学一小时路程——他们是一群新教再洗礼派门诺会的信徒，是德裔瑞士移民后裔组成的宗教组织，以拒绝汽车、手机、电脑等现代设施，过着简朴的与世隔绝的生活闻名，他们不从军，不接受社会福利或任何形式的政府帮助。

国内的人并不知在发达的美国有这么一个传统到原始的社区。我到大学城的第一个月，便有朋友开车带我去拜访了Amish社区，并顺便买Amish人养的走地鸡。

车子从土路开进村子后，我便见到穿着统一的十九世纪风格灰布连身长裙的女子，戴着有帽檐的老式女帽；男人们留着鬓须，戴着宽檐礼帽，驾着马车——就像走进某个影视拍摄地。

冬天，Amish人用太阳能取暖，所以，即使坐在简陋的杂货店也不觉得冷。我们便是在这样一间小杂货店，坐在掉漆的小圆桌旁，吃着刚从炉灶出来的新鲜糖纳子，配一杯免费的热咖啡，等着村民为我们把走地鸡处理成洗干净的光鸡，然后去村里的超市，买他们自制的果酱奶酪以及有机糙米。

Amish人从十八世纪初迁徙到美国，继承并守护他们的信仰，组成独立社区，所以，置身于他们中间，我们只是个参观者，他们的理念和生活方式并不影响社区之外的人。也就是说，你会觉得这个村子更像一间博物馆，不会与你的生活产生交集，所以不会有压力。

但这F镇，按照雷鸣介绍，虽然是开放的，接纳不同国家和民族的人来此居住，却都是世界观相同的人。

昨晚见到的雷鸣和冰子，穿一身过时的旧衣裳；晚餐，她俩只吃水煮玉米、蔬菜汤。你看到她们正在摆脱物质社会的诱惑，在朝更精神化的生活靠拢。然而，她们同时也带来了二十世纪七十年代的气息，那是我们出生成长的年代，缺衣少食的年代。大人们穿着国营服装店颜色暗沉没有款式可言的衣服，孩子们穿着由母亲动剪刀踩缝纫机或由弄堂口民间裁缝改过的旧衣服。人们肚子里普遍缺油水，吃粗粮和素食是不得已、没有选择，是物质匮乏造成的。

我从她俩身上感受到我的人生可能会在此地被影响，这算不算一种风险？这就是说，她们的日常起居回到我们曾经经历过的、因为匮乏而简朴的生活方式。或者说，这是如今物质丰富时代最先锋的生活方式？这让我吃惊甚至无法接受。这便是为什么当雷鸣说晚上的主食是水煮玉米时，我会发脾气。

清晨六点，回顾成长岁月让我不快，同时庆幸终于摆脱了那种苦日子。遗憾的是，我和两位老友却被生活方式的鸿沟隔开了。而我在苏格兰短短的时间里，已经遭遇了几件诡异的事件，我希望得到解释，或用某种方式消解我内心的不安。我突然涌起去庙里烧香的冲动,但这个镇子可能没有中国庙宇。想起来,我在国内还嘲笑过进庙烧香的人。

我的怀里抱着《圣经》,却想着去烧香,自己都觉得不可思议。我在美国小城跟着我的基督徒邻居去过教堂。此时,我学着他们向上帝祈祷。我就像那些病急乱投医的人,没有信仰却希望信仰的力量帮助我。

教堂的钟声响起,我手腕上的CK电子表是苏格兰时间——礼拜天早晨八点钟,教堂第一场礼拜开始了。

我困倦异常,想回到床上补觉,轻轻打开房门,希望不要吵醒雷鸣,可我发现床上没有人。

奇怪了,雷鸣不是在睡觉吗?她去哪里了?她无论去哪里,都应该经过客厅。但是,房门一直紧闭,她没有出来过。

我看了一眼窗户,窗帘仍然拉着,窗外狂风呼啸,树叶哗哗哗地发出巨响,隔着窗帘,我又看到树林在风中摇晃,成片地晃向一边,又晃向另一边。这种时候,雷鸣去了哪里?我不管三七二十一朝床上扑去。

睁开眼睛,发现自己睡倒在沙发上,手腕上的电子表显示10:15。我在爱丁堡机场就调好的时间,与墙上的电子钟时间一致,这让我产生踏实的现实感。在不同的时区来来去去,不厌其烦把表上时间拨到当地时间,让你再一次感受,时间是人为的。人给自己的生存空间制定规则和限制,在秩序中你获得安全感。

我又看了一眼手腕上的表,这是一款Emporio Armani女士腕表，四十岁生日时丈夫送的礼物，也是他唯一送过的礼物。在我很多次抱怨中，这礼物来得太晚，我没有惊喜，而是遗憾。

我在为男人遗憾，忙于生存，不知道女人内心藏着的渴望——被送礼的渴望。这渴望其实是现代商业文化带来的。我们的传统文化中，男人被女人服务和膜拜。到我这一代，新旧交替，计划经济和市场经济并存，男人除了生存压力，还要接受开放后新观念的冲击，要懂得爱女人，得学会用礼物表达情意——他们要赶上趟儿常常气喘吁吁。我在抽象意义上同情他们的顾此失彼，却在个人生活中对男人高要求高期盼，这成了夫妻关系的负面部分。

女士腕表小小的，模仿瑞士古典女表，却是电子表，所以价格比机械表低很多。丈夫买这款表是迎合我爱名牌的虚荣，却不知虚荣的人最爱追时尚，非常不好打发。这种小表是给上年纪的女士戴的，不是我喜欢的款式，但我得装作喜欢。所以，这表大部分时间被塞在抽屉里，旅行时才被戴上。因为，往往在我准备出远门时，丈夫才会注意我是否戴了表。

是的，这是现实中的表，我不喜欢，但为了不让丈夫失望而戴的阿玛尼电子女士表。刚才，我怎么看见自己手腕上戴着CK表？两款表明明差异大，怎会看错？CK表的表面黑色，表盘大，一款男士手表，戴在女人的细手腕上才显得酷。所以，我更喜欢CK表，它是我在上海经常戴的表，留在家里的抽屉里。

我看了一眼墙上的电子钟，现在是 10:35，从睁开眼睛到现在，二十分钟过去了，我的思绪停在表上，我需要向自己证实，此时此刻我是清醒的。

我坐起身，环顾四周，我已经非常熟悉这间套房，好像住了很久。事实上，我昨天下午才到。对的，不会搞错，手表上有日子和时间。每次长途旅行，我都会不断确认日期和时间，不同的时区，时间上的混乱感，会让现实变得扑朔迷离。

客厅窗子没有窗帘，窗外的街对面是教堂，教堂的尖顶越过二楼窗户朝天空升去。表上的日子是星期一，教堂没有礼拜，刚刚，我听到的教堂的钟声仍是梦里的钟声？不，即使没有礼拜，教堂也敲钟的。

卧房没人，雷鸣不在，床上的被子没有叠，卧房窗帘仍然拉着。这扇窗应该朝南，阳光在窗帘外，像灯光打在窗上。我有些吃惊，想起夜里听见狂风呼啸在树林上，哗哗哗的响声。我迫不及待拉开窗帘，窗外是草坪，一些小楼散在草坪四周，静谧优美，与我所住的美国小城有几分相似，但小楼房的样式更古典更精美。

从这个视角看不到树林，也见不到一片落叶。狂风在树林呼啸的哗哗声，窗外摇晃的树林，都发生在梦里。也许，教堂钟声也是虚构的，虽然声音可以从现实穿越到梦里。我感到慌乱的是，梦的清晰和延续性，模糊了现实和非现实之间的界限。回顾我的"梦史"，还从未有过这么真切、扰乱我对现实认知的幻梦。

081

沙发旁有我的小拖轮箱，这箱子是昨天下午我睡觉时雷鸣帮我拿到房间。昨晚决定睡在雷鸣房间后，是冰子去我房间帮我拿来小箱子，当我说到所有的换洗用品包括内衣和睡衣都在小箱子里。此时我涌起对冰子的感激，比起年轻时，现在的冰子是成熟的女人了，懂得照顾人。而雷鸣好像还停留在少女时代，风风火火地旋转，忽略的都是能让你感受安然舒适的生活细节。

我刷牙洗脸洗澡后，才突然觉得肚子饿得慌。料理台上还在加温的咖啡壶，大半个全麦面包和面包刀一起放在木头砧板上，旁边就是多士炉，冰箱里有牛奶、黄油、果酱和花生酱，小瓷碟子放了一颗白煮鸡蛋。谢天谢地，我早餐需要的食物都在了。

肚子饿透了，我烤了两片面包，涂了厚厚的黄油，用大号马克杯给自己倒了大半杯咖啡，加了牛奶，满满一杯。然后把马克杯放进微波炉，时间调到一分钟，我对咖啡好坏没有辨别力，却对温度有要求，咖啡一定要烫口。

我坐到小圆台子旁，才发现冰子留了条子，她说下午雷鸣会带我去附近逛一些地方，她就不陪了。明天中午她请我和雷鸣去意大利餐馆午餐。

我很惊讶自己在小客厅的沙发上睡得这么沉，冰子和雷鸣早晨在客厅的所有活动都没有影响到我。

吃完早餐，等候雷鸣时，我试图给雷鸣凌乱的卧房做整理。这套房子做了简单装修，刷白的墙壁，刷洗过的小木条地板呈现出柚木的淡棕色。床上方的墙上挂着一张彩色图片，小圆圈形成的弧线穿梭在大圆圈里，想来和量子力学有关，也可以看作抽象画，它比我见过的那些抽象画更有美感。当然，我是外行，艺术界不会以美感去评价一幅当代艺术作品。

此时，我才看到，面对床的这面墙有一幅油画，画上的男人坐在椅子上，他应该是雷鸣的父亲，虽然与我记忆中的雷父不太相像，但他脸上有些特征我还记得。画上的雷鸣父亲还未到中年，可以说是青年。脸上神情自信满足，他的后侧面是放在画夹上已完成的油画，秋天的金黄色麦田，戴草帽的年轻女性，脸对着阳光在欢笑。这应该是六七十年代的丰收景象宣传画，歌颂新时代合作社之类。

在苏格兰F镇看到这幅画，怎能不感到恍惚？这是多么久远的景象，我禁不住要想一下自己多少岁了。

这幅画的落款是雷鸣父亲和母亲。

我对画中画好奇，想来，这是雷鸣父亲的笔触，而他本人由雷鸣母亲画在画布上。所以，这幅画是两个人一起创作的。画中人物和画中画平分秋色。我想知道，为什么雷鸣父亲不把这幅画画成单独的作品？也许嵌在画中的画，是为某个部门或单位画的，自己却又喜欢，使用这种方式留给自己？

这幅画下面的梳妆台上有几张嵌入镜框的照片，其中一张是雷鸣年幼时的全家照。她坐在父亲腿上，毛衣外面套着背带裤。两条细细的小辫子，辫梢上还扎着蝴蝶结。那年月，没有蝴蝶结之类的装饰品，我们都不扎蝴蝶结。雷鸣辫子上的蝴蝶结是用花布条打成的。雷鸣母亲很会打扮，可雷鸣却没有继承母亲令人羡慕的好品位，也没有继承到父母的绘画才能，写的字趴手趴脚的，像小学生的"蟹爬"字。

照片上的雷鸣弟弟雷霆还是个婴儿，被母亲抱着，站在她腿上。她父母穿着深色外套，父亲是中山装，戴着眼镜，上口袋插着钢笔；母亲是双排扣的半旧列宁装，列宁装里是一件白衬衣，白衬衣的领子翻到列宁装外，有那年代少见的风情。这对夫妇是美术界伉俪，丈夫比妻子年长近十岁，那时已近中年，是被拉下马的文化官员。

照片上雷鸣父亲几无表情，近似消沉，与油画上的表情迥异。也可以看成是一条下倾的直线——从"希望"到"无望"。从时间上推想，拍这张全家福照片时，她父亲已经有诀别的念头，还是他有了这个念头，才会去拍全家福？他是吞安眠药自杀的。

吞安眠药赴死的人，都是"蓄谋"已久，因为整瓶一百粒安眠药不是那么容易得到，是有一个"储蓄"过程。那年代流行"储蓄"，低工资的老百姓，必须通过储蓄买心仪的东西。比如说，工厂的年轻女学徒工，每月工资十八元人民币，她们想给自己添一件新衣服，每天中午只喝一分钱一碗的清汤，从嘴里省下小钱，放进银行，或扔进扑满，慢慢累积，直到储够数字。这是上辈人的话题。

这么多年来，雷鸣和我没有再聊过她家的那些事。有一度，在她去英国有了第二段婚姻后回国探亲，她聊起过，聊得太多，多到我认为她也许应该回英国去接受心理咨询，然后才知她恰恰是经过心理治疗，才会把这件事聊开来。之后这些年，再也没有提起。

猛然见到她父亲的画和照片，我还是非常震动，她家的事，我当年见证过，在我心里留下了阴影。

我拿起嵌有全家福照片的镜框，看着墙上的油画，对比着。这是我成年后又一次直面往事的机会，却是在遥远的苏格兰偏僻的F镇。

我只见过一两次雷鸣的父亲，印象模糊，见到照片就想起来了。

照片上雷鸣父亲与画上的人判若两人，如果不是因为五官的某些特征——微微露在唇外的两颗龅牙，右边眉梢的一颗痣——很难认出这是同一个人。甚至五官的某些部分都发生了变化：画上的年轻人双眸大而清朗，照片上的中年人眼睑微微浮肿，眼睛小而无光。

是的，变化就在眼睛，其他因素也在起作用。比如，照片是黑白照，油画则色彩明丽，金黄和橙黄为主调；画中画的丰收景象令画中的画家有了悦目的笑容，或者说，画家把愉悦和希望画进了他的画中。你看，阳光照在麦田上的金色效果，年轻女性脸上的罩在强烈光线中的笑容，画中画的阳光，好像溢出画面，也洒在画家脸上——光滑俊朗的脸庞。这是他们夫妇年轻时的感觉，或者说，幻觉？他们这代人的年轻岁月在幻觉中度过，假如以他们后来的遭遇作为对照。

才几年时间，人对生活的认知发生了这么大的变化。我还有个疑问，一家之主的父亲，对生活已然失去信心，在这样的状况下，竟然还去照相馆照了全家福。是为了给家人留下纪念吗？更让我惊讶的是，那个年代，照相馆竟然还开着。

她父亲去世于某个星期天黄昏，或者说，是在某个星期天黄昏，雷鸣和她的母亲一起发现他已经去世。雷鸣后来告诉我，她父亲前一天才从郊区的"五七干校"回来，他睡到次日中午还未起来。雷鸣问她母亲，爸爸为什么还在睡？母亲说，你爸爸睡眠不好，常常一晚上醒着，好容易睡得这么沉，让他多睡一会儿。这也是她第一次发现，母亲对父亲的关切。那天，到黄昏时父亲还不起来，母亲让她去拍醒父亲，说一起吃个晚饭再让他睡。她怎么也摇不醒父亲……

她说，她记得很清楚，父亲那时的身体还是软的。她们叫不到救护车，是弄堂邻居借了一部三轮黄鱼车，将她父亲送去就近的医院。她父亲躺在黄鱼车上，被单遮着他，就像太平间被布遮住的尸体。所以这条街的人比医生更早知道，她父亲死了。

她曾经一直念叨，很后悔没有跟去医院盯住医生救人。她追黄鱼车时，被弄堂里的邻居拦住，带去他们的家。我总是要提醒她，那年她才六岁，没有医生会把六岁孩子放在眼里，而医院也不会放小孩子进急诊室。

我母亲后来告诉我，雷鸣爸爸连急诊室都没有进，被直接送进了太平间。但我没把这些话告诉雷鸣，我希望她一直以为，她最后看到的爸爸还没有死。

她父亲自杀的当晚，消息便传遍了这条小街，我家住在雷鸣家的隔壁弄堂，父母整晚在谈论这件事。他们说，最难的几年都熬过来了，怎么就熬不下去了？

雷鸣父亲去世在一九七四年的冬天，那时，整个社会氛围从六十年代的酷烈转到七十年代的压抑。我们那时还年幼无知，是通过以后的各种回忆录、非虚构或虚构的文学作品去回看那些年发生的事。谁都无法确切讲述雷鸣父亲去世前遭遇了什么。从表面看，他的处境和很多人一样，不容易，但也没有到必须自戕的地步。然而，每个人的境遇是具体的，各自的承受力也不一样。问题是，最后一根让骆驼倒下的稻草是什么？当年她父母在两地生活，父亲在"五七干校"，母亲在一间制作拖鞋的工厂给拖鞋鞋面设计花样。雷鸣说，她父亲在干校的同事告诉她母亲，说他拿到假期回上海时脸上是有笑容的。

十

雷鸣过了一点才来，带来餐厅的披萨，我不太饿，便带去了车上。她今天要去十几英里外的一个生态农场，路上可以带我去一些景点。

我们来到一个山坡，站在这里可以眺望远处的滑雪场。

这是苏格兰高地凯恩戈姆山的滑雪场。滑雪道沿着一千多米高的山形环绕，连绵成辽阔的坡地，白雪皑皑，远远望过去，竟有极地的苍茫和坚冰硬土的荒蛮感。天空云团翻滚，在视线尽头，白雪和白云快要相遇。

滑雪的人们，因为距离，尺寸小如孩子手中的乐高小人仔，他们的滑雪服颜色鲜亮耀眼。"小人仔"们在天地间滑翔，是滑雪场最美的景观，也给我带来莫名的忐忑。我很怕他们中有谁会突然滑向悬崖。只有在远处，才能看到坡地边缘的悬崖，刀削般垂直。于是我想起一个朋友的朋友，她丈夫是北欧人，爱好跳伞运动，却在一次跳伞中，没有打开伞……不，不是降落伞事故，而是他在瞬间的抉择。他妻子后来在他化名的脸书中看到，他写了很多跳伞的感受，其中写道，好几次他都有放弃开伞的冲动。

我告诉雷鸣，我所住的美国小城附近也有滑雪场，但我从来没有去过。我不喜欢滑雪不喜欢任何运动，并且不太敢观看有风险的运动，我对所谓景点也没有太大兴趣。我的意思是，雷鸣不用特地带我看什么景点。

天，时阴时雨。站在山坡远望滑雪场，那里的白雪像天光，天上的乌云像一片黑土，快要压到滑雪人的头上。当然那只是错觉，乌云再低也是在无法计算的高度，滑雪的人们并没有感受到乌云的压迫，看他们这般流畅地滑行。

我催促雷鸣快去生态农场把正事办完再说，心里在担心回来晚了遇上天黑。我对雷鸣在这片神秘高地开车有点不放心。

我希望雷鸣明白，我来到苏格兰更希望三人聚在一起聊天，这么多年，我们没有过三人聚会的机会。人生走着走着，遗失了不少东西，包括朋友。如今称得上"闺蜜"的朋友，就剩下冰子和雷鸣了。今天冰子没有和我们在一起，多少有点让我失望。

在我的催促下，我们很快回到车里。雷鸣开车时和我几无交谈，她紧盯前方，眼神专注。我很少看到雷鸣专注在某一件事上。我后来才知道雷鸣最近才学会开车，要是早知道，我是不敢坐她的车的。她在伦敦这么多年，没有学开车。到 F 镇一年后，也就是去年年底，她才考出驾照，表示要在这里生活下去。

我眼睛看窗外，不去干扰驾车人。我在美国遇到过车祸。那次也是坐朋友车，六人车位，坐了五个人，谈话聊天非常热闹。驾车人注意力分散，绿灯过马路时，没有来得及避让横里蹿出的车。那部车刹车坏了，虽然责任在对方，但驾车的朋友承认，如果注意力更集中，他是可以避让的。车内没人受伤。不过，坐在副驾驶座的我，被弹出的安全气囊直接弹到胸口，痛得就像断了肋骨，去医院拍了片子，虽然骨头无恙，但胸口痛了近两个礼拜。那以后，我希望坐在任何一部车里都是安静的。

此时，我突然意识到，昨天，从因弗内斯去 F 镇的路上，我和雷鸣一路说话，重逢后急切交流的心情让我完全疏忽了，此时想起来有点后怕。

空旷的苏格兰高地，山势起伏，绿色山坡在冬季泛黄。按照中国农历，已经过了春节，应该初春了，虽然气候阴冷，比严冬更冻骨，但点点滴滴绿色轻轻洒在枯黄中，鲜嫩的小绿芽儿正拱出冻土，不得不惊叹大自然苏醒的力量！

我生活在城市,感受不到自然力量,对于世界的观感,也是从学校因循教育获得,拒绝另类世界观简直习以为常。城市人面对的世界只有一种——现实和现实。

在安静的小小的车厢里,我思绪又开始飞离。"性欲狂"是怎么回事?这个词压在我胸口太沉重,我几乎要开口问雷鸣,又忍住了。这么强烈的话题,不能在路上问她,安全第一,尤其是在这湿漉漉的阴雨天,她得专心开车。

我对雷鸣前夫印象不那么深,却清晰记得有一天雷鸣找我,她是来告诉我她有男朋友了。那年我读高三,面临高考,雷鸣在另一所中学,她休学过一年,所以那年她读高二。

这个男朋友便是雷鸣的前夫卢生,我甚至都不知他的全名,跟着雷鸣叫他卢生。他姓卢,"卢生"有开玩笑的意味。那时广东一带学港人,称某先生为某生。卢生形象偏冷,瘦削的脸庞,颧骨颌骨突出,男人长这张脸,虽然不算英俊,但有"酷"的气质,所以吸引了雷鸣。他的父母与雷鸣父母是世交,卢生比她年长好几岁,高考前一年中学肄业,被分配去兰州的工厂,之后辞职,去了深圳。

雷鸣告诉我,早在初三寒假,他们就相遇了。是春节期间母亲带她去朋友家做客,她见到了来沪探亲的卢生。那时的雷鸣是个胖女孩,整个初中期间,她把自己关在家,暴饮暴食,初三休了一年学。她是在重新回到学校读书的那年寒假遇到卢生。雷鸣对卢生一见钟情。为了获得对方的好感,她开始减肥,并在学业上努力,成了高中生。

高中二年级寒假，他回沪探亲，她去找他。那时的雷鸣已成功减肥，出落成玲珑少女。她个子不高，小巧苗条，大眼睛在她的小脸上格外有神，亮闪闪的，天真喜人，别说卢生，即使我这个老朋友，都有点不认识她了。是她先向卢生表白，卢生喜出望外，他们在外约会，偷偷成了男女朋友。

高中毕业后，雷鸣没有考取大学，干脆跑到深圳找卢生，两人很快同居，两年后才去领结婚证书。

雷鸣在结婚一事上先斩后奏，她母亲的态度是放弃。以雷鸣的个性，她母亲即使想管也管不住。雷鸣与卢生同居期间两地跑，结婚后反倒住回上海。她说是丈夫希望她回上海，她守住上海才能把他的户口也弄回上海。那时，两头跑的是卢生。

这期间，她开始帮卢生在上海找工作。卢生没有学位，在读夜校，打算拿个文科证书。她说服母亲通过父亲的老关系，让某个文化机关接收他。这类机关不需要特殊技能，有学位很重要，因此得让卢生拿到文凭再说。

雷鸣自己在一家刚成立的杂志社做编务，那也是通过她母亲的人脉得到的工作。雷鸣为杂志社拉广告，工作成绩出色，"传销"口才便是在那个阶段练就，当然也得益于她天生外向的个性。

在给丈夫找工作办户口的日子，他们分居两地好几年。她后来回想，那也是最快乐的日子。

雷鸣爱热闹，不喜欢独处，她的家成了聚会场所，朋友带朋友，进出各色人等，常常闹通宵。

那段日子，我失恋，经历了人流，空虚和无望，几乎每天混在雷鸣家，在夜夜派对中打发郁闷孤独。我便是从那时开始画画，请雷鸣母亲指导。

直到卢生随着户口一起回上海，雷鸣才算结束了派对生活。那时，再去雷鸣家，看到的是她丈夫的脸色。他两道浓眉几乎连在一起，还常常紧锁。显然，他不欢迎雷鸣的客人，不喜欢家里人来人往。渐渐地，我不再上雷鸣家。

卢生回沪后去了一家校办工厂的后勤部门，显然，那份工作与他的期待有落差。这期间，变成雷鸣常来我上班的地方串门，她说卢生心情不好，说她更怀念两人分居的日子。

她丈夫回沪一年后，雷鸣怀孕生了儿子。儿子两岁不到，她带着儿子去了英国。

她离开上海前来过我家。那时我已经结婚，好像次日要去外地出差，我留她在家里吃饭，她告诉我，我出差回来，她可能已经离开。我还记得那段对话。

"你说要离开，离开去哪里？"

"我先去广州……"她欲言又止。

"然后呢？"我明白她不是为了去广州。

"我现在不能说，我怕说出来好事就没了。反正，我会和你联系。"

说这句话时，她的眼圈红了，我也突然难过起来。我已经明白她可能在办出国，可能去香港，当时很多人办出国，都不愿意说出来。

我想着要送一样东西给她作纪念。我从行李箱里拿出一条为出差买的丝绸围巾送给她，我说，这围巾不占你箱子重量，容易带。

"感觉上你已经认定我出国成行，"她后来写信告诉我，"我那时已经拿到签证，但我不敢说出来，我很迷信……你送我围巾时，我很想哭，但我忍住了。"

我看这封信时流了眼泪，以后几年才知道她是瞒着丈夫逃走的。

"你昨天晚上说你的婚姻快要散了，是……真的吗？还是……因为我们俩的离婚？"

突然听到身边雷鸣问话，倒是让我一惊。此时车子拐上山路，这条山路通向生态农场，安静，没有车辆，想来不可能发生什么交通事故，可以在车内聊天。

"你以为我是为了迎合你们，才说要离婚？"我笑着摇头，"我们这个年龄，想要离婚的应该不在少数吧？"

"想离婚，和真的去离婚，到底不是一回事，你是属于只是想想，但不会轻易行动……"

我应该对雷鸣刮目相看。

"知道我此时脑子里的画面是什么？"我问。

"在想你的孩子。"

"天哪，我竟然没有想他，在美国时想得厉害，到这里几天，好像回到单身，脑子里塞满了当年发生的故事……"

我回答雷鸣的时候，为自己居然没有想儿子而吃惊。

在我脑海里，在雷鸣故事的背景前，是我自己的故事。那些短暂交往的男友，多半是在她家认识。其实，那个年代那个年龄，很难把肉体和感情分离。如果没有好感，怎么会有亲密关系？不同的是，即使有爱，也要把它降低到性爱，好像不谈情不说爱，就能免受伤害。

"想回到单身？"

雷鸣的问题让我一愣，不是问题本身，是她问话的态度，已经不像雷鸣。雷鸣平时很少关心朋友私生活，这也是冰子认为和她无法聊天的原因吧。

"单身有单身的问题。虽然婚姻谈不上美满，但我怀疑，这'美满'是教科书里的标准。"

"你老公长相好，却厚道老实，你还要怎样？"

"只是看起来老实而已，往往是花花公子一旦结婚，反而就成为模范丈夫。"

"他有外遇？"

"可能有过，我相信他内心有后悔，如今丈夫角色比较到位。"

"可能？你们没有说开来？"

"当然不能说！说开了，就离婚了。事实上，我也有过啊！我们互相在心里原谅对方了。"

"西方人是要把事情讲开来，他们不喜欢隐瞒，更反对撒谎。"

"这是清教徒的道德观，我们的东方文化，不就是满嘴仁义道德，满肚子男盗女娼？我们这种普通人，因为没有特权，不至于这么不要脸。所以为了维持婚姻，有些事还是不要说开来好。西方人做事不是样样值得学，你不是在为东方文化学校工作吗？"

"你很矛盾，一边说东方文化多么虚伪，一边又说西方人的不撒谎是清教徒道德观，不值得学。"

"你也是啊，一边为东方文化宣传，一边在用西方道德观教育我。"

雷鸣愣了，然后我俩一起笑了。

"人都是生活在矛盾中，只有教徒对信仰义无反顾。你不觉得你太容易义无反顾地相信什么？"

雷鸣没有回答我的话，车子停下来，是在三岔路口，她这时才拿出GPS导航。

生态农场在偏僻的山林中间，车子沿着两三米宽的窄路前行。两部车在这条路上很难会车。

"这里完全与世隔绝，人家说我们的小镇是世外桃源，这个农场是我们小镇的世外桃源。"

"你怎么会跑到这么偏僻的地方？"

我们的车子好像在垦荒，行进在大片野生植物中间。我不由得查看车窗是否紧闭，暗暗担心会蹿出一头动物。我是个连猫狗都害怕的人。

"我是在集市上认识了这对夫妻，他们两人在经营这个生态农场。从丹麦过来，用了好几年时间，才形成现在的规模，我和他们谈得来，交上朋友了，然后就有了合作。"

"哪方面合作？

"主要是环保方面的……"

"明白明白……"

我应声，其实是阻止雷鸣可能会滔滔不绝的环保主题"演讲"。

此时车子已经穿过山路，来到一片平原，更像是一片宽阔的山谷，四周被山坡挡住，一些牛羊散在山坡间，是极好的农耕图。不过，一股牛羊粪味飘浮在这片平展的农田上。

"他们不用化肥，收集牛羊粪做肥料。"

"这样的话，无法像美国农场，大规模生产。"

"他们就是为了反抗这种大规模生产。"

"可是，大规模生产是为了满足人口需求。"

"他们夫妻认为，可以按照自己认为对的生活方式生活，这也是一种反抗。"

我点点头，这是我在自己城市看不到的人群——你没法改造社会，只能从自己做起——是很高的道德标准，我没法做到，但我希望了解他们。

我们的车子停在一间面积相当大的平房前。进门便是大厅，厅里四周堆着木制家具，还未上漆，但一眼看去就是制作精良的优质品。雷鸣告诉我，这些做工精致的木头家具，是出于这位丈夫——农场男主人——的手。

此时，他正走向我们，是一位看起来很"时代青年"的金发俊男，干净的羽绒衣牛仔裤运动鞋。这位农场主与我想象的形象——留长发穿木匠工作服,却有几分艺术气息——有差距,如果他走在大都市街上,完全没有违和感,像个朝九晚五的上班族,每天通勤路上戴着耳机听音乐,过着城市人天天在过的城市生活。

生态农场主穿戴这般齐整,正准备开车去爱丁堡,联系推销木制产品的公司。他们的有机农作物,很受小镇居民欢迎,但这些木制产品很难在小镇消化,他累积了几年的木工产品,最近才开始朝外找市场。

我们在后面的植物暖房见到他妻子,她在为暖房里的盆栽植物换土。她戴着袖套手套,头上包着头巾,很像农妇,是我在电影里看到的农妇形象。她看起来比她丈夫年长几岁。假如说,她丈夫为了产品销售偶尔会去大城市,那么,这位妻子,是真正地、完全地过着与世隔绝的生活。

我想象不出两个来自丹麦的北欧人,除了农田和木匠活,他们真的对外面的世界没有任何好奇吗?

这些问题雷鸣也无法回答。

我在想,只有两个人经营一片农场,没有社交,没有娱乐,这比集体冥想更具有隐修的意味。而这对夫妇每天面对面,眼前没有其他人影,他们彼此从不厌倦吗?他们之间还有性生活吗?

"他们俩是梅森会员,"雷鸣好像能听到我内心的嘀咕,"梅森会有自己的秘密信仰、圣经、戒律和仪式。"

在这片无人干扰、过于纯净的空间,我却有莫名的压抑。他们的生活状态，甚至比美国 Amish 人还要封闭，毕竟，Amish 人有一个社群。当然，他们俩是自由的，没有 Amish 社区的禁忌，他们选择守候这片不被污染的农场，与世无争、与世隔绝。他们随时可以离开。

"后面几天我带你去生态村，我电话里告诉你的那个村庄，那里的生态规模大很多，从二十世纪六十年代就开始环保耕种。我故意这么安排，从小规模看到大规模。"

原来今天来生态农场，并非雷鸣有事务联系，纯粹是带我来见识一下她认为值得一过的人生。

可我在心里问，人真的可以脱离社会吗？因为我无法想象我可以在这样的环境长期生活，不，哪怕一星期都难坚持。经过了美国中部小城的冬天，我尝到了与世隔绝的滋味。

回家路上，天更阴了。二月的欧洲很像上海，下午时间其实很短，四五点以后暮色如轻烟笼罩，当你意识到天黑的时候，它已经黑了，在你一秒钟的疏忽间，天光消失了，不可挽回的暗夜已经到来。

十一

中午十二点半，冰子准时回来。今天，她穿一件褐色羊绒中大衣，风度怡人，立刻回归都市女性本色。

"为了去意大利餐馆,特地换上出客衣服。"

她很敏感,似在回答我打量的目光。她告知上午去了镇上的瑜伽馆,她一直在练瑜伽,断断续续五六年了。

"我以为你会去斯老师的气功教室。"

冰子耸耸肩:"我来这里不是为了学气功,雷鸣知道的,当然道家文化,是我向往的……"

"跑到西方来学道家文化?"我语气嘲讽。

"这里的气氛很特别……"

"你相信雷鸣说的那一套?"

我嘴上和冰子说话,心里在想是否把雷鸣母亲的担忧告诉冰子。可冰子很自我,她未必对雷鸣的家庭问题感兴趣。

"她的确有蛊惑人的本事。"冰子笑了,然后正色道,"不过,我告诉她,我需要靠自己的感受。我这次来,是属于考察,来试住一阵,你可不要听雷鸣说什么'冰子已经搬过来了'。"

"事实上,雷鸣就是这么说的,我当然不相信,当然要听你亲口说出来。"

"跟雷鸣说好十二点半在这里碰头。"冰子突然看表,"现在快一点了,奇怪了,这个点,他们都应该已经用完餐了。我们走吧,去白楼的食堂接雷鸣。"

冰子拿起车钥匙,招呼我离开。

"我倒不奇怪,雷鸣哪有时间概念?任何小事都可以把她耽搁,我们在上海聚会,她从来没有准时过。"

我趁机数落雷鸣,更像在提醒冰子,别忘记雷鸣仍然是雷鸣,她可没有变。

我拿起羽绒外套,和冰子下楼上车。这车比昨天雷鸣来接我的车还旧。冰子告知,是她在这里买的二手车。

"这么说,你是会住上一阵?"

"我也不知道。看感觉,要是走了,车子可以留给斯老师,她没有车,身体力行极简生活。"

"留车给她不是成了她的负担?"

"那就再卖了。"

这部手动挡车,由冰子开,竟有股飒爽之风。

"雷鸣在食堂忙什么?"

"她现在是东方营养膳食的老师,每天中午在食堂指导学员做东方料理。"

"雷鸣还会做菜?"我不以为然。

"手里有几本国内带来的食疗菜谱。依样画葫芦,反正东方口味,这些多半没有去过中国的西方人是没有什么概念的。雷鸣的主要作用是把中文食谱翻成英语食谱,当然,她也在自己的厨房练习过几次。"

"听起来像在忽悠那些西方人。"

"怎么说呢,她是认真的,动机是单纯的,要宣传中国文化……"

我呵呵一笑,直摇头:"还宣传中国文化,这种大词也只有雷鸣敢说。"

"我没有那么大的抱负，我只想拯救自己。"冰子道。

无意间，我们的对话进入了实质。但是，车子已经停在白楼门口，冰子不想关引擎，让我下车去厨房找雷鸣。

餐厅在白楼的一楼，人已经走空。厨房里，雷鸣在和一位西方老妇人说话，老妇神情气愤，雷鸣像在劝慰。

"雷鸣，我们在等你出去吃饭。"我站在厨房门口。

雷鸣招手让我进去，为我和老妇互相介绍了一下。老妇叫艾米，来自德国。

我和老妇匆匆打了招呼，赶紧告退。

"快走吧，冰子在车里，都快发脾气了。"我离开时催促雷鸣，连带"恐吓"。

我回到车上。

"催过她了，果然是在和一位叫艾米的女老外讲话，艾米好像很不高兴，雷鸣在劝她。"

我的话让冰子直摇头。

"再等她一分钟，不出来，我们就走。"

我们多等了两分钟，雷鸣才从楼里出来。我以为冰子会对她抱怨，但没有。

我们后来并未去意大利餐馆。雷鸣说她在食堂不得不吃学员做的料理，已经没有食欲。我早餐吃得晚，也不饿。冰子说她正在"能不吃就不吃"的节食状态，去意大利餐馆原是为了招待我。

"不如放在明天中午，十二点去。雷鸣你是靠不住的，不等你了。"冰子颇不客气,"今天下午改为午茶,雷鸣负责找地方、买单。"

我心里暗暗高兴,明天和冰子单独约,才能听到她的心里话。我相信,有些话,她只肯对我说。

"我同意,明天你们不用等我。今天我带你们去一家老牌子咖啡馆。"雷鸣兴致勃勃,在外旅行有这种乐天性格的朋友相伴是运气,"那家咖啡馆起司蛋糕最佳!冰子你不要皱眉,我是招待李小妹,起司蛋糕是她心头爱。"

"让我喊一声'起司蛋糕万岁'!难得你能记住!"我回答雷鸣,心里有些意外,没想到雷鸣脑子还能记点事。

"我也喜欢啊,只是为了减肥才割爱。"

"今天就算了,为了我,破个戒又如何。"

我劝说冰子吃蛋糕。

我们已坐进咖啡馆。冰子只想喝咖啡,我只想吃蛋糕,不敢再喝咖啡,虽然很想喝。我睡眠不好,每天只能喝一杯咖啡,早晨已经喝过大杯了。

"吃起司蛋糕一定要配苦咖啡,这是甜食界的最佳couple。"冰子却劝说起我来。

雷鸣也不跟我俩啰嗦,不管三七二十一,直接点了三份蛋糕三杯咖啡,惹得冰子直笑:"算你狠!"她朝雷鸣竖起大拇指。

这间老咖啡馆甚得我心,青绿色主调的菱形格子花砖地,墙上挂满猫王的演出图片。唱机在转猫王旋律。这位爱穿连衣裤梳大背头唱 Rockabilly 的巨星，那一身装束以及旋律充满二十世纪五六十年代的气息。

奇怪的是那个年代我们并没有经历过，为何有亲近感？

这家的起司蛋糕不仅道地，还格外厚实。冰子说她绝对吃不了，建议和雷鸣分吃一块蛋糕，剩下那份带回家放冰箱。

"李小妹还在时差中，半夜醒来，肚子会饿。"

冰子的细心体贴再一次令我受宠若惊。

"我现在好饱。"雷鸣叹息道，"这蛋糕吃半块都难。今天艾米主厨，为了让她高兴，我还吃多了。"

"你对艾米关心过度。"冰子语气有责备。

"她的经历太惨。"雷鸣辩解，她转向我道，"艾米是犹太人，小时候在集中营……"

"拜托，不要聊艾米好不好？"冰子生硬地打断雷鸣，"我们自己的人生够折腾了，为什么还要为艾米的故事坏了心情？我都记不得我们三人有过一起坐咖啡馆！这么难得的机会，聊些让我们开心的话题，比如八卦之类。"

"好吧，那你聊吧！"

雷鸣是有点让着冰子的，是从小深植的习惯——学渣对学霸的敬畏。

"我有什么八卦可聊，没有比我的人生更 boring 的了。我要听李小妹聊！"冰子对着我坏笑，"说点你的风流韵事让我学学。"

"你听雷鸣瞎说。"我朝雷鸣瞪眼，当年约会过在她家认识的男生，"那些陈谷子烂芝麻的事，我自己想想都丢脸。"

"不要瞪我,你嘴那么紧,我哪里知道你的事。"雷鸣马上否认。

"没有不透风的墙。"冰子哈哈一笑,笑得夸张,"再说,风流并不丢脸,如今我只有羡慕嫉妒。"

"真的吗?这可不像你。你以前从来不聊八卦,时间多珍贵啊。"

最后一句话听来仍然有刺,虽然我在笑着打量冰子。今天她可是认真搭配了衣服,大衣脱下后,里面是一件黄色格子羊毛衬衣,内衬黑色圆领T恤。今天的她更接近她留给我的淑女印象。

"以前太正经了,我自己累,你们也累……"

"确实如此,看见你,就看见了硝烟弥漫的战场。"我一口蛋糕一口苦咖啡,这搭配简直完美,嘴里却说,"高中生活,冰子的存在便是我的压力。"

"当年只懂拼学业,现在回想年轻岁月,真是虚度了。"

"冰子已经放下了。"

雷鸣一开口,就变得毫无幽默感,我立刻堵住她。

"我在开玩笑呢!今天这个氛围,应该讲点风月故事,我来开个头。"

于是,我讲了在荷兰机场与萧东的不期而遇,描述了萧东的今日形象如何快要被油腻包裹。我坦承当年与他上床,之后怀孕堕胎,他却一去无音讯。我向她俩描述人流过程,这也是我第一次向友人公开堕胎细节。

"我用了表姐的病历卡和她的人脉，我至今记得坐在候诊室，不断默念表姐名字，为了让自己记住此刻的我已经不是'我'。当护士叫到表姐名字时，我仍然没有马上反应过来，我愣了几秒钟，才意识到这是'我'的名字。我站起身时，报名字的护士怀疑地看着我，我失魂落魄，以为西洋镜马上要被戳穿。我笨拙地爬到手术床上，做人流手术的医生用厌恶的眼神看着我——她是我表姐拐弯抹角找来的'后门'，知道我用假名字——命我两腿岔开双脚搁在撑脚架上。她把窥阴镜伸进我阴道时，我因为恐惧和疼痛骇得尖叫。这位医生——我后来回想这张脸，觉得像漫画里的巫婆——用难听的语词训斥我，比起她用坚硬的金属仪器插进我的阴道进入子宫在里面扫荡，她嘴里的侮辱已伤害不到我，我疯了一般大喊大叫……"

我看到泪珠从冰子眼眶滚出，而不是我自己的。我看到雷鸣双掌撑着面孔，皱着眉尖眼帘下垂，我听到她在说："萧东离开上海时，我不是在上海吗？你没有告诉我，我应该陪着你，我一直以为你最信任我……"

我呵呵呵地笑。我最信任雷鸣？我怎么敢信任她？

"冰子，你有什么话要说呢？"

雷鸣看着冰子，我才发现雷鸣的双眉浓得像男生，她看冰子的眼神有几分凶悍。雷鸣这个嘻嘻哈哈的女生，很少这般剑拔弩张。我现在突然明白，她知道了一些事，并且，居然从未在我面前流露。

"我们不是要聊风月事吗？怎么就走题了？"

我故作轻松。眼前的场面有几分紧张,我后悔把人流这种血腥的事在风花雪月的空间,随随便便就说了。不,不是随便说的,是我找到了时机。这么多年过去,我不是没有听到传言。多年后与冰子重逢,我和她之间却荆棘丛生也不是没有来由。

一阵静默。

"你不说我就说了?"雷鸣在 push 冰子。

"我不知道你们的关系已经这么深了。"冰子垂下眼帘,负疚的语气。

"所以……"

我已猜到是怎么回事,但我要听她讲出来。

冰子擦干眼睛,泪水又开始流,她怎么有那么多泪水?而我已经很久不再哭泣。

"萧东到美国后是和冰子在一起。"雷鸣终于没忍住。

"你应该知道萧东脚踩两条船?"我直视冰子。

"他说,你在追他,他没有接受。"她躲开我的目光。

"你如果早点告诉我,在荷兰机场,我会抽他嘴巴。"我鼻子哼哼,转向雷鸣,"他们的事,你也没有向我透露。"

"我是最近几年和冰子往来密切才知道。"雷鸣辩解,"当年,冰子眼里只有你一个朋友,再说你也没有告诉我你和萧东的关系。"

雷鸣对我向她"保密"还是介意的。

"是你帮萧东搞定担保?"我没忍住问冰子,跟着又给一剑,"以为你的眼界应该更高。"

"跟你一样好色,喜欢漂亮男生。"冰子垂着眼帘像在做忏悔,"才几年我们就分手了。"

"你抢走好朋友的男人,又把他扔了?"

雷鸣嫌恶的眼神,充满道德谴责的语气,让我觉得挺解恨。

"我和他完全不来电,感觉他对我心不在焉,现在有些明白,他的身体还留在中国。"

"你并不了解男人,他们的身体没有记忆。"

雷鸣这句话让我一惊,还真说到位了。

"假如萧东对你不来电,只能说明你这个学霸当年对男女之事不开窍。"我告诉冰子。

"雷鸣说你嘴紧,一点没错。"冰子回答我,"你也没有透露你和萧东的关系,如果你告诉我,我绝不会帮他弄担保,哪怕出于嫉妒。"

"有失有得,那以后,我不会再上当了,我也把男人玩弄于股掌之上。"

我知道这句话会让有道德感的雷鸣皱眉,然后开始说教。我打算捂住耳朵,却看到雷鸣站起来,走到柜台前,对那位五十多岁的服务生,又或许是老板说:"陪我跳支舞。"

那时候,咖啡馆的唱机在放猫王的《Can't Help Falling in Love》(《情不自禁爱上你》)。

这位梳着猫王式大背头的苏格兰男人从柜台里出来,他一条腿是瘸的，但他的舞步娴熟。而雷鸣的舞步跟跟跄跄，她无法自如跳完一首舞曲，也无法唱完整一首歌。我走过去挤开她，和瘸腿男士把一首舞曲跳完，又跳一曲。

我坐回桌边，告诉雷鸣，我是在她家的派对上认识一位跳交谊舞的高手，是在她家开始迈出生涩的舞步。

"我知道，所以我在抛砖引玉，为了让你跳舞，我才和他跳。你一定会站起来把我挤开。你就是那么爱出风头。"

雷鸣本来在笑，突然就哭了。

"难道为了李小妹抢走和你跳舞的老头子？"冰子在问。

"我不知道，我就是想哭。都怪你！"雷鸣回答她。

十二

这天晚上，我回到自己的卧房睡觉，没有接受雷鸣让我去她房间睡觉的提议。我知道下午咖啡馆的话题让雷鸣震惊，她想跟我继续聊。可我不想聊，这一聊又是一个晚上，而我需要充足的睡眠，旅途疲劳让我心如止水。

我晚饭都没有吃，吞了两颗安眠药，一觉睡到次日早晨八点。醒来后觉得更疲倦，闭着眼睛，似睡非睡，到十点才真正醒来。

这一晚连梦都没有。

我已经在这间房睡了两个晚上,一间普通的客房,配备单人床、单人沙发、衣橱,房间里有洗脸盆,虽然配了卫生间。

房间在走廊的尽头,窗户和楼房大门同一方向,因此对着街。

冰子的房间与我隔着走廊,在另一端。雷鸣的套间则在走廊中间。

这天中午,我和冰子没有如约去意大利餐馆。经过昨天下午在咖啡馆的互相坦承,我们俩都需要时间消化才获知的真相。

多年前,我对冰子与萧东的关系有过怀疑,之后也陆续听到同学间的流言,昨天才得到了证实。作为这桩情事的受害者,我应该更难释怀,可我反而释怀了。原来人类对逻辑性的发展和结果有癖好,似乎,知道原因很重要。事实上,知道了又如何?并不能减轻已经受到的伤害。重点是,你受到的伤害正在扩大面积,扩大到另一人身上时,是否好受很多?

我知道冰子不好受了,这让我好受很多。

机场重逢,对于两人关系是一道减法,我对萧东残留的感觉消失了。那些年与那些我已忘记名字的男友的性爱关系,让我看轻了"爱情"。我甚至怀疑和萧东之间是否有爱情。他身上并没有让我迷恋的特质,除了悦目的外貌。谁都知道美貌易朽,被岁月损耗的容貌偏偏被我撞见,就像一件收在橱柜多年不舍得穿的羊绒大衣,拿出来才发现上面有了蛀洞,顷刻就想扔了,虽然心里有失落懊恼。

当年的爱恋,更多是荷尔蒙带来的错觉。他与我后来遇到的男生相比，也就是一个普通到平庸的男人。无非，他是我第一个与之上床的男人。

令人耿耿于怀的，是这段关系带来的后果：怀孕后的恐惧。堕胎经历比失恋本身更让我无法释怀。当然，还有羞耻的烙印：被抛弃的羞耻，被医生辱骂的羞耻。

提出取消意大利午餐的是雷鸣。她觉得我和冰子隔天去意大利餐馆面对面午餐，心情都不对了，有强颜欢笑的感觉。

因此，我们在昨天的咖啡馆，便取消了今天的意大利午餐。雷鸣负责安排我下午的活动内容。

充足的睡眠，令我心情放松，思绪变得轻盈，无论有过多少难堪，都被时间带走了。

我起床后刷牙洗脸洗澡连带洗发吹风，一切都搞定，去雷鸣的套房用早餐时已近中午。雷鸣或冰子为我准备的早餐与前两天一样。

我的早餐还未用完，雷鸣赶来，她来唤我吃午餐。她告知餐厅供应披萨、蔬菜汤和咖啡，如果我不想吃，可以在公寓吃冰箱里的中国食物。我告诉她，即使此时没有在吃早餐，我也不想来到苏格兰还要一个人窝在公寓吃中国食物。

雷鸣急着要去餐厅帮忙，让我放弃未吃完的早餐，和她一起走，说面包黄油咖啡餐厅都有供应。好吧，有她在身边，你就别想按自己的节奏过日子。不过，我还是把快吃完的面包塞进嘴里，就着喝剩的咖啡咽下肚子。

昨天来白楼餐厅找雷鸣急急忙忙的，现在才有时间仔细打量。

这间餐厅并不大,像家里的用餐间。长长的西餐桌,铺上了雪白的台布,白墙上挂着几张半抽象的水彩风景画。雷鸣介绍说,这些画出自前一届学员。

已经快过午餐时间,吃完午餐的学员陆续离开。

我在餐厅见到了斯老师——雷鸣口中的大师。

我们进餐厅时,她正在喝咖啡。据雷鸣说,斯老师一天只吃两餐,起床后一餐,第二餐是傍晚五点,吃她自己煮的中国饭。

斯老师梳双辫,穿中式旧棉袄,脚上是一双中式棉鞋。这种旧时代打扮,如今只有电影里才看得到。她面容消瘦,颧骨突出,年纪在五十到六十之间,神情带着上年纪处女不容轻慢的严肃。

当雷鸣介绍我和她认识时,她没有笑容,也没有和我握手,只是像老年人过年互相作揖那样,对我双手相握作为招呼。我为刚来那天在她气功教室贸然起身半途离去向她表示歉意,她说她其实并没有注意我进出过教室。

"做气功时,眼前、心里,都空无一物。"她解释道。以为她找到机会将对我滔滔不绝灌输她那一套气功学,没想到,她已转换话题,向我表达歉意:"请原谅,你到达那天没有去看望你。"她态度诚恳却也不无幽默,"是想留给你们三位老同学叙旧,希望雷鸣没有忘记给你准备晚饭!不过,有冰子在,所以我没有特地提醒雷鸣……"这话表明她也知道雷鸣各种不靠谱。她朝雷鸣微微一笑，用手指点点她，这时候，她更像个普通的女人。

这天下午斯老师将带领工作坊学员去水边练静功。雷鸣要我一起去，我立刻拒绝，告诉她，我只打算待一周，我得四处看看。

"既然来了，花个两小时体验一下斯老师的水边静功，你会有新的感受。他们将去的那片湖非常神秘，也可以趁这个机会认识一下工作坊的学员，都是从欧洲各地过来的。"雷鸣使劲说服我。

她说要为晚上的伙食采购，可以陪我做一会儿静功，也给我选择——不错，她今天已经给我两次"选择"——或者半途和她一起离开，或者留下来和大伙儿一起做完静功。我告诉她，我当然要和她一起离开，我没有耐心在湖边静止一小时。雷鸣说她已经预料到了，所以才会陪我一起去。

我有些不快，因为冰子没在，她和邓布利多去了镇上。我觉得她不应该扔下我，去陪那位阴沉男。

"虽然我看出她对那位邓老师有感觉，但也不至于重色轻友，把刚来的老同学扔在一边。"

我对着雷鸣发牢骚。

"噢，不要怪她，是我告诉她今天下午已经给你安排活动了。"雷鸣解释道，"冰子一直在练瑜伽，邓老师在镇上投资了一间瑜伽馆，冰子知道后想去他那间瑜伽馆看看。"

"我不太明白，你说过冰子是你们东方文化工作坊的志愿者，怎么跑去人家西方人的瑜伽馆呢？"

"志愿者和工作坊学员不一样，学员们付费来学气功和其他方面的课程。志愿者为工作坊做义工，她可以免费学习我们的课程，也可以不学。冰子才来不久，正在四处看。她跟斯老师倒是挺能聊，两人经常讨论关于道教方面的理念，但还没有走进气功教室。你知道的，她这人比较注重知识的可靠性，一定要搞得很清楚，才会去相信，一旦相信就很认真很坚持。"

"这不公平，我刚到两天，还哪里都没有走过，你就拖我去练什么气功。"

"怕你待不长，让你参与一下，今天正好遇上去那片神秘湖。后面几天，我和冰子会轮流陪你到处转转，不会让你白来一趟，我还指望你搬过来呢！"

"不要对我太抱希望，我比冰子更现实，也许她有学西方神学和东方玄学的愿望，我没有。"我立刻警告一般地让雷鸣搞清状况，不等她回答，我已经转了话题，"所以，这位邓老师并非为了学斯老师的气功特意过来，本来就有他自己的生意。"

雷鸣知道我已经对邓布利多有了偏见，赶忙为他解释，说他去年来到F镇之后，才和那家瑜伽馆有联系。

"是的，邓布利多也练瑜伽，又对气功感兴趣，在研究东方哲学。他去年知道那家瑜伽馆经营不善，快要倒闭，便设法去美国找来投资人，他自己也投了一点。"

按照雷鸣的说法，邓布利多投资这间瑜伽馆，是因为了解到这间瑜伽馆二十多年来，赚了钱总是会捐给当地环保组织。

113

由于老一代经营者去世后，没有找到合适的接班人，他希望能把这件善事做下去。归根结底，他也有考虑搬来此地居住，瑜伽馆可以作为他以后的落脚点。

"我到那天，你说冰子要接待邓老师，听起来他是专为斯老师的学校过来，是你们这边的客人。而事实上，他已经是F镇的半个居民了，为什么需要冰子接待他？"

其实这是个无关紧要的小问题，但我不希望被雷鸣含糊的说辞糊弄过去。或者说，我很怕被雷鸣带进她的不讲逻辑的世界，我希望通过搞清细节，让自己的头脑保持理性。我对邓布利多这个人的身份有怀疑，他为何不肯承认与我同坐一架飞机？这个悬念令我想起来就心烦。

"冰子与他联系了近一年，从未见过，所以是她想接待他。"雷鸣回答得头头是道，"再说，邓老师这一年一直有个意向，希望他们的瑜伽馆也纳入我们的基金会，毕竟瑜伽起源于古代印度，都属于传统东方文化。"

"你们的基金会叫什么？谁给你们基金？"

我突然想打破砂锅问到底。难道也是因为邓布利多吗？之前，雷鸣在电话里告诉过我，我没有记住，因为不关心。

"基金会叫'东方传统文化研究学会'。基金来自不同公司，因为每年召开人类健康讨论会，各地环保组织养生组织都会来参加。"

"这些组织都需要资助，还会来资助你们？"

"会有你意想不到的财团参与。再说，斯老师在基金会底下办了这个道家文化学校，学员要付学费，她也把这部分收入纳入基金会，她本人是基金会董事之一……"

雷鸣一番冗长的解说后，我终于搞清楚雷鸣本人的职业身份。是基金会董事长把她招募来，让她协助斯老师的学校工作，同时也为基金会募集资金。这位董事长是在年度人类健康讨论大会期间认识雷鸣的，当时雷鸣在一个保健品公司做传销，当然，是合法的保健品传销——关于这一点，雷鸣特地做了补充，为了区别于更多不合法的传销组织——基金会董事长欣赏她的社交能力，不如说是传销能力。事实也是，这份工作特别适合雷鸣。

我想起前些年，雷鸣为传销经常回中国，周边的朋友很难逃脱她富于激情的洗脑销售，"被买"了她的产品之后，又对她敬而远之。这也是我后来一些年与她疏远的缘故，虽然她倒是从来没有找我买产品。那时我刚辞职，写作为生，生活清贫，这算是雷鸣对我的体贴。

"邓布利多是西方人，利用基金会宣传他的瑜伽馆更有说服力，不怕抢了斯老师气功学校的风头吗？"我质疑。

雷鸣却胸有成竹。她的特点便是，对只要和她有关的事都是胸有成竹的，你很少听到她的质疑声。

"邓老师个人更加关注气功和道家文化。斯老师的道家文化学校是对中国气功最好的宣传。气功中的医疗气功通过身、心、息共调，起到防病治病的功效……"

"哦，我不懂，也不想懂。"我打断雷鸣，"本人自由职业，自己对自己负责，最烦讲养生的那个系统，它们很多是为推广保健品，是商业行为，当然不是指你们学校。西方人学中国气功也是一种时尚。但我相信冰子到这里来，不是来学养生。"

"不能从字面理解养生，养生包括身和心，心是精神层面，更加宏大。比如下午要做的静功，在道教中属于养性。《庄子》的'心斋''坐忘'，《太平经》中的'守一''存神'……"

"我看所谓'养生'远远未到你说的精神层面，"我不耐烦，打断雷鸣，"只有信仰谈得上……"我略一停顿，觉得自己没有多少底气聊信仰，便急于结束这个话题，"我本人没有信仰，不适合聊这个话题。"

"你住下来就会有了……"

雷鸣的话被前来找她的艾米打断。

艾米搭雷鸣的车，和我们一起去湖边。这天斯老师要去的那片湖，在两英里之外，大家是开车去的。

只见艾米怀里抱着一只软垫，就像抱着婴儿。雷鸣说，这是艾米不离身的抱垫。

她乘隙介绍道："艾米是德国犹太人，今年七十了。她父母在二战中被抓进集中营，她出生于集中营，未满三周岁，二战胜利，她却成了孤儿。"

艾米个子矮小，皮肤偏黑，大而深邃的眸子，脸上的神情有几分严厉。她穿一身深色旧衣裳，令她整个人也有些暗沉。

"她只是看起来不那么容易接近，其实内心善良，并且慷慨。她经营民宿多年，捐钱给我们基金会。"雷鸣又道。

我仍然不太搞得清雷鸣所属的基金会的运作方式，也没有耐心去搞清。但对眼前这位矮小的、曾经是集中营 baby 的德国妇人竟产生某种畏惧。

我和艾米稍稍聊了几句，她开口说话时，脸上的线条便柔和了。艾米用她简单但清晰的英语告诉我，她去年来 F 镇参观过，觉得这里是她可以度过余生的地方。回德国后，她用了大半年时间把正在经营的民宿转让出去。她这次是来基金会当志愿者，同时，给自己时间找一间合适的公寓买下来。今天她和我一样，第一次参加气功班的水边静功。

艾米抱着她的抱垫坐在后座，她戴上耳机，听她带在身边的音乐。

我告诉雷鸣，我有些吃惊，和艾米刚见面，她便把自己的人生规划都讲出来了。雷鸣却哈哈大笑。

"艾米还以为你是我的女朋友。"

"这有什么可笑的，我们本来就是朋友。"

"她以为我们是同性恋，因为我告诉她，我们是一起长大的朋友，经常睡一张床。"

雷鸣又夸张了，哪里经常睡一张床？但我不想啰嗦，只是呵呵了两声，表示不以为然。

"你看得出来吗，她是同性恋？"

"刚刚见面，怎么看得出来？"

雷鸣欲言又止。

十三

　　车子停在一个小停车场。接近这个湖,要走一段山路。山并不高,两边的林子泛黄,树枝干枯。我想起第一天走过的林子,却是反季节的枝繁叶茂,心里莫名发慌。但看周围,有二十多人同路呢。他们全部是老外,年龄种族各异,白人居多,老年妇女居多,还有黑人和拉丁裔,却没有亚裔,除了我和雷鸣。

　　这群人中,有个四十多岁的白人男子,虽然穿着最普通的羽绒衣戴着绒线帽,却显得仪表堂堂。他眉眼端正,脸上胡子刮得干干净净,举手投足沉稳优雅,不那么平民。

　　"那个看起来年纪并不老的男人不需要工作吗?"

　　我问雷鸣,抬起下巴指着那位男子。

　　"哦,他叫罗斯,是伦敦一家投资公司的CEO。"

　　"他为什么来这里?"

　　"他在职位上压力太大,已接近崩溃,一直在看心理医生。最近两年读了一些道家方面的书,对气功感兴趣,也是想换一种治疗方式。去年参加初级气功班,这次是中级班。"

　　"还有中级班?"

　　"参加过初级班,才可以升到中级班。"

"那，中级班后面还有高级班？"

"对，完成高级班，就算毕业了。不过，完成高级班有点难，不仅学气功，还有东方哲学的功课。"

"学完一个班多长时间呢？"

"初级班时间短，一星期左右；中级班三星期；高级班至少一个月。不同级别的班级交叉开课。"

"斯老师一个人教吗？她忙得过来？"

"她是想培养助手。她正考虑让邓布利多来教东方哲学部分，英语毕竟是邓老师的母语，他口才好，由他讲课更能吸引西方学生。"

我不响，关于邓布利多，我只能存疑。

一位深棕肤色的印度男子前来和我们招呼，雷鸣为我们互相做了介绍。

他是诗人，在非营利组织工作，也为报纸撰稿，他来这里是为写报道做 research。诗人与我握手，手掌有老茧。

印度诗人的名字太长，他让我们简称他"拉吉万"，听起来像"垃圾旺"，我和雷鸣面面相觑禁不住大笑。诗人跟着笑，虽然他不知道我们为何笑。

拉吉万留络腮胡，难以判断年龄，但年轻的眸子闪闪发亮。在这群看起来虔诚、带着心理问题前来求治的学员中，见到一位年轻乐观的诗人，令我有轻快之感。

我俩聊了几句，当他知道我靠写作谋生，眸子里有了敬意。他说他崇拜聂鲁达，因此在学校时选修西班牙语，并立刻用西班牙语吟诵了两句聂鲁达的诗句,再用英语解释,那便是著名的诗句:我要像春天对待樱桃树般地对待你。

聂鲁达的诗句,抑或是拉吉万身上散发的清新气息,以及有老茧的手掌,给予我隐约的兴奋感,一种令我吃惊且无法解释的化学反应。

说笑间,我们好像走了不少路才来到湖边。

湖水有如一大块凹下的平地,不太高的山中有这片湖水,令人难以置信。湖不算太大但也不小,水边有块牌子,警示水深一百多米,有劝阻游泳的意思。这里曾有人溺亡?

湖水几无波纹,就像死水。周围安静到毫无生气,却又会突兀地响起乌鸦粗嘎的叫声。

从山上下来到湖边,有一条人工铺就的红砖路,这条路铺展到湖边平缓的这一半。湖的另一半是在峭壁下,峭壁朝里凹,像个被悬挂着的巨坑,终年晒不到太阳的凹陷处,覆盖着藤蔓和灌木丛,那一大团浓郁深邃的"绿"里面,是否盘踞着许多蛇?这个联想令我头皮发麻。

湖水非同寻常的深度令我莫名惧怕,可我并没有进湖里游泳的可能。事实上,我从未有过在河海里游泳的经历。

湖边山峦奇崛,灌木丛茂密凌乱。这里离镇子并不远,却有着深山老林的隔绝感,我又一次感受到刚到那天走在林中的气氛,好似走进相同的诡异氛围。

周围明明还有其他人,可我好像被什么透明东西隔绝了,一时间听不见别人的说话声,自己也说不出话来……但也只是瞬间的隔绝，更有可能是幻觉。一声粗嘎的乌鸦叫声，打破了隔绝感。

我深深吐出一口气，轻咳一声，又能发出声音了。

"这湖也太诡异了！刚才有一种透不过气来的感觉。"我禁不住抓住雷鸣的胳膊，在她耳边嘀咕。

"你不要紧张，是这里的气氛太神秘，我刚才也有汗毛凛凛的感觉。"

雷鸣的话令我松了一口气，并非我异常，是湖区异常。

"这片湖只有斯老师认识，我们自己过来怎么也找不到。听说曾经出现过水怪……"

我惧怕又兴奋。

"水怪不是在尼斯湖那边吗？"

"尼斯湖水怪比较著名罢了，这边更加隐蔽，因为不是景点，知道的人很少，这么深的水，藏着水怪也不奇怪。"

"你真的相信有水怪？"

"很多人看到过……"

"我还没有去过尼斯湖，这也是我千里迢迢来这里的目的之一……"

"别急，会带你去的。不过，尼斯湖成了景点，反而没有这片湖的神秘气氛……"

说话间我跟着雷鸣已走到众人之前，不知不觉中我俩走到湖的里半圆。湖中央突然涌起一个浪头，把我吓了一跳。我朝四周看去，众人都留在湖的外半圆，他们沿着湖边，三三两两寻找自己的站立位置,似乎没有注意刚才涌起的浪头。

我转身拉着雷鸣朝湖的外半圆走。

"怎么会走到里面来,怪吓人的,要是水怪出来怎么办?"

"大白天,这么多人在,水怪不会出来。"

虽然雷鸣这么说,却能看出刚才她也受到惊吓。

"我们怎么突然离开大家,走到离出口这么远的地方?"

我问雷鸣,她摇摇头,向四周看一眼,朝外走的脚步比我还快。

"我也没有意识到,好像是被什么人带过来的。"

"哪里有什么人?你走在我前面,你前面没有人。"

"所以我说'好像',是无意识地跟着走进来。"

"哦哟,你别吓我。"

"不用怕,斯老师在。"

"有水的地方很多,为何要来这里?"

"斯老师认为,这里是做静功的好地方,离公路远,见不到人和车,没有任何干扰。"

"怎么会没有干扰,不是有乌鸦?叫得那么响!让人一惊一乍的。"

雷鸣看着我,摇摇头,她的意思是她没有听见?我的头皮立刻麻了。刚要开口,她把食指放在嘴边,示意我不要作声。

此时,人们站在自己的位置,每人之间隔着两到三人的距离,以斯老师为中心,呈扇形均匀地朝湖的两边排列。学员们跟着斯老师的节奏,先两腿站直,接着,两腿打开,与肩膀同宽，两臂抬起，与肩平，手掌张开，掌心朝里，两掌之间隔开一个手掌的距离。

这个姿势简单，却很难坚持。

身后有粗重的呼吸声，我转过头，看见艾米在离开湖边至少五六米远的地方，背靠一棵大树，她胸口起伏喘着气，身体在朝地上滑，我和雷鸣同时朝她跑去。

艾米躺倒在地，嘴里嘀咕着，在讲德语。雷鸣问她时，她便用英语嘀咕。

"我害怕……怕……这里的水会把人勾引到湖里面……"

"艾米，这里气场可能和你不合。没关系，我们送你回去。"雷鸣安慰她，像安慰孩子。

我俩一起扶着艾米走上湖边的红砖走道。

走上山时，我朝身后看去，做静功的人们，仍然维持着双腿稍弯、两臂举起的姿势。

"奇怪，她的失控好像并没有影响到他们。"我问雷鸣。

"他们是听不见的，"雷鸣带几分自豪的语气，"他们正在体会天人感应、无人无我的境界。"

我鼻子哼哼了两声，表示不以为然。待会儿安顿好艾米，我得告诉雷鸣，要是一直这么抓住时机给我洗脑，我会跟她翻脸。

艾米回到车上，坐到后座抱住她的抱垫，立刻就镇静下来，虽然还在流泪，但脸上的神情已放松。

雷鸣的车子里有小热水瓶，她倒了一些热水在瓶盖上给艾米喝,艾米却想喝酒。

"不行艾米,你已经戒酒了!"雷鸣的声调陡然严厉,即刻又缓和了一些,"车上有可乐,想不想喝可乐?车里放了几天,像从冰箱里出来的。"

雷鸣对艾米说话的声调像哄孩子。她从后车厢拿了两听健怡可乐,打开盖子递给艾米。艾米感激地说了谢谢,还真像个孩子,有了可乐便有一丝笑容。

雷鸣把另一罐可乐给我。我告诉她,我倒是很想喝热水。

"湖边又潮又冷,说到气场,可能与我也不合。"

我这么说是表示以后不会再去了。

"这片湖是斯老师最近发现的,我也是第一次来。她带学生们去过,他们去了回来都说很神秘,有人自己开车去却怎么也找不到。奇怪的是离镇子并不远,周围怎么没有人家?"

"你不要故意制造神秘感。"我笑怼雷鸣,"湖的外面有停车场,停车场和湖之间,有一条修缮出来的红砖路,刚才我们就是沿着这条砖路很容易就来到停车场,怎么会找不到?"

雷鸣没有回答我,她已把车子开离停车场。

我们的车子沿着土路开了很长一段路,仍然没有出现可以开上公路的岔路口。雷鸣左右看看,自己在嘀咕:"刚才好像不是从这里进来。"

她停下车,打开不常用的GPS,然而GPS屏幕是黑的。

我心里又抱怨了,不靠谱的人,连车里的GPS都不靠谱。

土路的尽头通向一片大草坪。草坪空寂无人,像一片绿色的大湖，在风中漾起波纹。草坪的尽头是一片起伏的坡地，枯黄中有点滴绿，春天正在到来。坡地一望无际，辽阔得令人心生惧意。此时，乌云聚集，带来难以形容的肃杀之气。

"哇，这么大的一片草坪，连接远处的坡地，居然见不到任何东西，也太超现实了！"

我发出惊叹，却没有得到雷鸣的回应。我转脸看她，只见她微蹙眉尖，神情有几分紧张。我怀疑她迷路了。她倒是很少发愁的。

"有什么关系呢，F镇又不大，总会找到回白楼的路。"

我试图安慰她。突然意识到，我从来没有机会安慰雷鸣，她总是自信满满，从无愁绪流露。

"我们已经离开F镇二十几英里。"

"哇，不知不觉间，已经开了这么远？"

"艾米在打瞌睡。"雷鸣看了一眼后视镜，轻声道，"你没有发现我车速很快，为了赶快摆脱这条土路？刚才进湖区时，也有土路，但很短。你也看到，我们从停车场出来，只有一条土路，却把我们带到这么远的地方……"

其实，我们离开这片大草坪还有一段距离，但它由于面积的巨大，而显得非常近。快要接近草坪时，雷鸣的车速越来越慢，终于出现了岔路口，面前是条水泥路，雷鸣的车子沿着水泥路开向公路。

"怎么就离开了呢？我还蛮想去走走，从未见识过这么巨大的草坪。"

"这是个重要景点,可以专门来一次,冰子也没有来过,是很著名的古战场,英格兰人和苏格兰人在这里交战,草坪底下的泥土浸透了鲜血。为了尊重死者,这片大草坪没有房产商来开发,你看连飞鸟都不过来,它们的眼睛还能看到当年的刀光剑影……"

雷鸣的GPS屏幕突然亮了,此时车子正好转到公路上,她很快找到回白楼的路。

"刚才连GPS都暗了,如果你没有亲眼见到,一定不会相信。"

我不响,心脏却在怦怦跳。来到此地才几天,我的唯物论受到质疑。

艾米回到房间后已经很安静,湖区的震慑力消失了。此时的我也有意外的轻松感,就像偏头痛时服了止痛片,不仅痛感消失,身体还会产生兴奋感,情绪骤然高涨。

白楼的顶楼有几间客房,其中一间属于艾米。

这第四层楼是阁楼房,很像上海老洋房的"假三层",屋顶是斜的,但中间部分不影响普通身高的人直立。

艾米不事修饰,鬈曲的灰发乱蓬蓬的,臃肿的黑色厚羽绒服配黑色帆布裤,脚上是穿旧的运动鞋。她的卧房小而美,被她布置得舒适典雅。有质感的棉麻米色窗帘,双人布艺沙发也是米色,配玫瑰灰碎花床罩。插在花瓶里的鲜切花,和盆栽鲜花,放在茶几、小圆桌、窗台上。房间有壁橱,两面墙各挂一幅欧洲城市的摄影作品,雷鸣说,那是艾米的家乡,是她自己拍摄的。

"我每天在这条街上散步。"

艾米指着墙上照片告诉我,脸带眷恋的微笑,这是我看到的艾米的第一个笑容。她和雷鸣并肩坐在沙发上,原本她们在低声交谈。

照片上的小镇街道很美,小街小楼小尖屋顶,到处是花:花铺里的花,窗口的盆栽鲜花,街边的花,街上女子手里捧着的花。

"刚才,我突然很想家。"艾米又道,伤感的声调。

是的,照片上的小镇比 F 镇更有色彩感,更艳美,也许那时是夏天。沿街商铺精致唯美,像个漂亮的衣饰华美的年轻女子。而 F 镇更像个矜持的大家闺秀,朴素中的优雅,与时尚保持距离。

为什么离开自己美丽的家乡?因为将要来临的 2012 大毁灭?到 F 镇寻求避难?我在心里问。

雷鸣和艾米嘀嘀咕咕说了不少话,然后艾米下了逐客令。

"对不起,不要管我,我需要独自待一会儿。"

"今天艾米发病的事情,不要告诉冰子。"

我们一离开艾米的房间,雷鸣便关照我。

"为什么?"

"她觉得我对艾米关心过度。"

"那又怎么样?"

雷鸣不响,眼圈红了。

十四

"不应该把艾米带到湖区,她的情人跳河自杀!她觉得那片湖水有着一股力量,要把她拉下去……"雷鸣嘀咕着,像在自言自语。

"就死在那片湖里?"我惊问,不由得捂住嘴。好像这句话会传到艾米耳朵里似的。

我们已在雷鸣车里,她说要带我去逛一下,然后到超市买白楼餐厅的食物。

"那个情人死了两年,也是女人,是个工厂女工。她们是同性恋,艾米比较强悍,扮A角。"

"你们两人刚才坐在沙发上说个不停,她就在告诉你这么重要的事?"

"去年她来这里住了几天,那时候就告诉我她情人自杀的事,当时没有说怎么死的。她想搬来这里就是为了离开她们一起生活的地方。"

"我明白了!刚才看她拍的家乡照片,心里正有这个疑问,为什么离开这么漂亮的家乡小镇?"

雷鸣原本打算带我去某个景点,但她看起来心神不宁,常常兴致高昂的雷鸣,似乎被艾米带坏了情绪,我很少看到她的这一面。而时间溜得太快,四点都过了,天色很快暗沉。我很容易被天气或时间改变心情,我建议直接去超市采购,雷鸣赞同,简直求之不得。

我们在路上聊起斯老师。

说真的,我对这个东方文化学校,能召集欧洲不同国家的学生,还是稍感意外。我原先对那些在西方挂着东方招牌兜售东方文化的组织,非常不以为然。但是,斯老师个人给我的印象却比我预想的更为纯粹,言谈举止有分寸,没有任何给自己贴金的表现。

"斯老师的影响力来自口碑。起初,她开诊所给人治疗,然后就一传十,十传百。"

想来雷鸣目前的崇拜对象是斯老师。

"你们不要用力说她好,越用力越像在推销。"我提醒雷鸣,"你说过这是靠口碑,让她的病人说最有说服力。我看她本人也是低调的,外面招摇撞骗的人也不少,把所谓东方文化吹得花好稻好,当生意经来做,反而把这块牌子做坍掉了。"

"斯老师把办学校收来的学费都捐给了基金会,她个人几乎没有任何开销。你看她穿的都是很多年前的旧衣服,吃得又简单,所有的时间都给了工作。"

"听起来像个苦行僧。没有'个人生活'的生活,我很难接受!"我直言不讳,总是要唱一下反调,"她这样的人道德标准往往很高,我很害怕和高标准的人相处。"

"刚才还在赞扬她纯粹。"

"'纯粹'是个中性词,未必是赞扬。"

"你是个自我矛盾的人,而且是个怀疑主义者。"

我不响。雷鸣随口说出的判断,说明她并非是个糊涂人。

我们从超市满载而归,回到白楼。

吃晚餐的人比白天少很多,学员们大半回到附近镇上自己的家;从远地来必须住宿的有六位学员,他们是来自伦敦的罗斯和另外几位从德国、荷兰等其他国家来的女子。罗斯住石头公寓,女子学员住白楼。

艾米已经恢复如常,在白楼公共厨房忙开了。她是晚餐主厨,有个叫玛瑞娜的中年女子做艾米助手,她也是驻校义工,来自瑞典。

艾米看到我,特意过来对我说声谢谢。她对雷鸣的态度却有些匪夷所思。当雷鸣劝艾米回家休息,说她可以代班时,艾米生气了。

"你也相信他们对我的指控,说我给他们做最难吃的饭食?"

"当然不是,他们一直称赞你的厨艺!"雷鸣回答艾米,又用起哄小孩的语调。这语调让我觉得雷鸣也很病态。

"那你为什么要来代班?"艾米不客气地责问。

"我担心你今天有些累……"

"我并不累,我没有觉得累,我一整天都没有做任何事,怎么会累?"

雷鸣几乎是狼狈地退出厨房。

"艾米完全失控了。"雷鸣的口吻是担心而不是生气。

"那真的不能待在厨房,这有关食物安全问题。"

我听到自己的口吻像某个单位领导。真是见鬼了,人到异地,好像变了一个人,我从原先的自由散漫变成好管闲事……

"没关系,玛瑞娜在,她会注意艾米,不过艾米干厨房的事倒从来不出差错。"雷鸣像在自我安慰。

"她刚才对我的态度还是挺正常的,为什么对你那么任性?"

我对雷鸣和艾米之间不那么平等的关系表示不解。

"冰子可能说得有道理,我对她太关心,把她宠坏了。艾米冷静时也承认自己个性有问题,总是对最亲近的人施虐!"

"施虐?"

"abuse,冰子用了这个词,就是施虐的意思。艾米自己承认 abuse 亲近的人,她的同性恋情人自杀,艾米说她是有责任的,所以她非常痛苦,年幼时的经历造成的扭曲。"

"要是你知道她有这样的倾向,应该保持距离。"我正色道。

"我明白,但我还是尽我能力对她好,我不希望艾米步她伴侣后尘。"

"步她伴侣后尘?"

"是的,她说过,痛苦时也想跟着伴侣走……"

"她应该看心理医生。"

"她一直在吃药,到我们这里打义工,也是在给自己探路,她想试试斯老师的气功,多一种治疗途径。"

"你要记住她是病人,不是你一厢情愿想帮就能帮到的。"

"你放心,她虐不到我,我什么都经历了,我没有那么脆弱。"

"你明白就好!"

我不想在这个话题上纠缠,雷鸣的回答摆明了,无论艾米是否接受,她都要向艾米大量地施与同情。她天性爱帮人,当拯救者给她满足感。她喜欢传销这份工作,也是因为她觉得是在给别人带去有利于健康的商品或生活方式,传销的过程也是指导别人生活的过程。我了解雷鸣,她这人不是那么爱钱,她真的是好为人师上了瘾。

可仔细一想,心里又一沉。艾米让雷鸣同情心爆棚,甘愿被她 abuse,是因为她们共同笼罩在自杀的阴影里?艾米让她回到年幼时父亲自杀的记忆中?或者说,雷鸣找到了与她同病相怜的人?

雷鸣是否仍有心理健康问题?

雷鸣父亲去世那年,我和雷鸣在同一个幼儿园大班。

雷鸣调皮好动,做任何游戏都兴致颇高,也是任何游戏的核心人物。虽然常常会闯些小祸,但老师还是喜欢她,爱笑的孩子总比爱哭的孩子讨喜。而我就是那个爱哭的孩子,腼腆胆小,做游戏更是笨拙,我是孩子群里默默站在边上的那位。

在她父亲出事的次日,星期一,她还是被送来幼儿园。我不知道幼儿园老师们是否知道她家出事,至少小雷鸣仍然像平时一样，也许比平时更卖力地融合在大家的游戏中。那天下午玩滑梯——我现在记不得那是公园的滑梯还是幼儿园的滑梯——轮到雷鸣时，她站在滑梯上面，准备往下滑时，她原本是笑着，却在瞬间瘪着嘴要哭了，但她马上从滑梯上滑下来，从地上站起来时，她在笑，一眼就看出，是装出来的笑。

这一幕，一直刻在我的记忆中，她自己都不记得了。她说过，父亲去世后那一年，像得了失忆症，完全记不得了。事实上，我从未向她描摹我看见的这一幕，也从未对其他任何人说起这一幕，它带给我的刺激和影响如此之深，令我瞬间成了大人。我觉得，我的童年是和雷鸣的童年一起结束的。

有些事是在回想中才渐渐明白。

雷鸣小学继续与我同班，她那时情绪很不稳定，有时整天沉默，有时又疯疯癫癫，没有分寸。她母亲已离开工厂，被调回美术馆埋头创作。

照顾雷鸣姐弟的先是她姨妈，然后是外婆。那时她去世的父亲被平反，老师也知道她家发生的事，所以不怎么管束她。小雷鸣可能也认为自己犯任何错都是应该被原谅的，因为父亲没有等到平反就死了。

她经常闯祸。姨妈自己有两个孩子，她开始担心雷鸣把她家孩子带坏，因为雷鸣很容易成为孩子王。原本住在姨妈家的外婆，便带着她搬回程之华的家，弟弟雷霆被送去广州舅舅家。

当外婆的通常宠溺第三代，尤其怜悯外孙女小小年纪丧父，在家里由着她乱来，挑食、不吃饭、睡懒觉，都可以。

雷鸣上初中后，跟不上功课，开始逃课，性格变得自闭。她休学一年，整日关在房间，吃东西消遣，增肥二十多斤。八十年代需要凭票证购物，雷鸣把家里每月配额的粮食和副食品提前半月吃完。好在恢复高考后，找她母亲辅导的学艺术的学生络绎不绝，她母亲让部分学生家长用票证代替现金。那两年也是她和母亲关系最恶劣的阶段。外婆去世后，她要求搬回姨妈家，于是程之华又说服自己姐姐，让她同意雷鸣住过去，那边至少还有姨父，唯一的成年男人，可以帮助管教。雷鸣住在姨妈家后进了另一所中学，我和她有一阵几无联系。

雷鸣后来告诉我，她再进学校成了胖子，胖到被同学嘲笑欺凌，她并不好欺负，在反击霸凌中学会打架。但是，为了留在姨妈家，她在家学乖了，抢着做家务，也不再挑食。初三时她陷入早恋，从那时开始，雷鸣重新振作，变回那个活泼开朗的女孩。

读书本身是磨练意志的过程，雷鸣在学业上没有长期下功夫的耐心，高考落榜，又在与前夫的热恋中，干脆就跑到前夫所在的南方城市，与他同居。

雷鸣生活的重大变迁，包括出国、离婚、再结婚，她都没有跟我多聊。这也和我们没有机会单独相处有关。雷鸣在南方时，每次回沪，都要搞派对，把朋友和朋友的朋友一起叫来。之后，从英国回沪，也同样呼朋唤友，延续她早年在上海的派对人生。

雷鸣口口声声怀念的上海生活便是这类喧闹的夜生活。我不会每次都去见她，我有自己的时间表。假如有空，我也很乐意参与她的聚会。在这类聚会上，也许遇到久违的旧友，可能旧情复燃，并产生"你还年轻，生活还是有很多可能性"的幻觉。上海爱玩派对的人不少，却很少有人像她这样活力充沛去组织一场场派对。因此我们都由衷赞叹，上海没有雷鸣，好像少了很多人，少了很多乐趣。

我并非没有看出这是雷鸣制造的表面繁荣，却也没有去深究后面真相的那份关切。物理距离是最本质的距离，就像人们无法坚持异地恋。朋友和家人的感情，也会因为距离变得疏远。

雷鸣出国好几年才回来，那些年里发生了什么？好像有太多的事要说，但她要见的人也太多了，我最初的关心在各种干扰中消失了。往后，她更是为生意的事来来去去，派对也不搞了，朋友们开始厌烦她了，包括我。

无论如何，在她频繁社交的生活中，总有一些空隙留给我们两人，不经意间也会只言片语告知我关于她远方的生活，并把她的英国丈夫带来我家。

雷鸣的第二任丈夫温和多礼，很难想象他的职业是和刑事犯打交道。这位英国警察痴迷自己的妻子，无论雷鸣做了多少离谱的事，这位丈夫都能接受。

雷鸣曾经告诉我，她的英国丈夫知道她父亲去世，却不知道她父亲是以自杀的方式离世。

"不想让他怜悯我,我和他在精神上是平等的。别看他是警察,他内心是脆弱的,亲人的遭遇会伤害到他。再说,他原本是被我身上阳光的一面吸引,我也因为他越来越阳光。"

当时听到雷鸣这么说,我非常吃惊也无法接受。但我没有吭声,这不是我可以说三道四的。生活如此复杂,也许她只是简单化地讲述了她的想法,或者,她想让生活简单化。

但是今天,目睹她与艾米的相处,我为她担心了。

十五

我们回到石头公寓时,冰子已经回来。她在雷鸣的套间忙晚饭。她做了放杂粮的米饭,电磁灶上在炖豆腐煲,她洗好了青菜,为我腌制了一块三文鱼,只等我们回来,就可以热炒青菜,同时把三文鱼放进小烤箱。

"看到你们吃素,非常扫兴!"

我深深叹息。真的,我痛恨身边有朋友吃素,和吃素的人吃饭没有乐趣。

"明天开始陪你吃荤。"

雷鸣的许诺让我吃惊。

"真的吗?可以吗?"我一迭声发问,"吃素怎么可以随便放弃?就为了陪我吃荤?"

"有什么关系,你离开以后我再回到吃素的队伍,和冰子一起吃素。"

"如果冰子不在,你是吃荤还是吃素?"我笑问。

冰子在一旁耸她的肩,不屑发表意见似的。

"吃素为主,但不像冰子那么执着,我不是素食主义者。"

"那明天我去买菜,让我来做一顿可以吃饱的晚餐。对不起,"见冰子询问的眼神,我赶紧表达歉意,"不是说你没有让我吃饱,而是我嫌不够油腻,我在你们清淡的餐桌,突然食欲大爆发。"

冰子笑了,不再是前两天那种夸张的大笑。我发现她身上某种气息消失了。对了,那股傲气。她好像变得颓靡。昨天从咖啡馆出来后,她就回房间了,晚上没有出来吃饭。事实上,昨天我也没有吃晚饭,我被时差带去"苏州"——我母亲把梦乡比作苏州。

"可不能太油腻,为了健康。"雷鸣说。

我愣了一愣,才明白她在回应我那句"不够油腻"的话。

"她怎么没有跟她英国丈夫学到幽默感呢?"

我在冰子耳边嘀咕,更像是向她暗示我已对她尽释前嫌。我知道她的道德感令她愧对我。虽然我一直嫉妒她比我优秀,这两天还在讨厌她身上不自觉流露的优越感,但我认为在与萧东的关系上,她是无辜的,是萧东脚踩两条船。

我不是宽宏大量的人,凭我在荷兰机场对萧东的态度,就知道我是有报复心的。然而,这几天的奇特经历,让我发现我固守的世界观并非不可撼动。或者说，不可理喻的遭遇，让我产生虚幻感。真实世界带给我的所有纠结，像浮云一样飘远了。

我们在饭桌上交流了白天的活动。冰子说她没有去瑜伽馆，而是和邓老师聊了一下午，就在昨天的咖啡馆。

"去向他心理咨询？"

我并没有讽刺的意思，但听起来像讽刺。

"我不会告诉他我们之间的隐私，不过，我的确需要听他说话，喜欢听他用英语讲述道家哲学……"

"我看邓老师很有可能把道家和道教混起来了。道家是哲学，道教是宗教形式，其中有神仙方术这种迷信，不过，这也不是邓老师的错，西方人很难分清道家和道教的区别。"

"你和邓老师才见了一面，怎么就下结论了？"冰子质疑我。

"不止一面吧！我和他一起坐了两班飞机，加起来有十五个小时，还不算候机的时间。"

冰子愣住了，雷鸣却笑了。

"邓老师不承认和你一起坐过飞机……"雷鸣指着我，突兀地发出狂笑声，"你呢，却咬住他不放……"

于是我也笑了，笑着笑着也成狂笑。

"太荒唐了，我这辈子都没有碰到这么荒唐的事……"冰子先皱眉摇头，接着也笑了，"这不就是传说中的罗生门？哈哈哈……"冰子似被雷鸣的狂笑感染，越笑越疯，揉起了肚子，

"哎哟……我肚子痛死了……"

"有没有这种可能，邓老师和他的影子分离了？"我半真半假问雷鸣，"你不是说过他对道教的降妖除魔咒感兴趣吗？他可能在偷偷学着除魔咒，一不小心把自己的影子给除丢了，于是影子去找他。影子在飞机上不吃不喝，在候机大厅坐得像根木桩，影子不需要吃喝拉撒。"

雷鸣愣住了，若有所思地点着头："我去问问斯老师，有没有这种可能。"

"李小妹的胡诌你也信？"冰子对着雷鸣叹气了。

"看到吗？"我对冰子说，"你从雷鸣的反应就知道了，我们认为迷信的东西，他们认为是神秘力量。邓老师对斯老师的崇拜，当然是因为斯老师懂道教法术。"

"道教也是从道家基础上发展过来的。"雷鸣说。

"苏东坡也研究道教，受贬惠州时，醉心于炼丹术。"冰子认真解释，感觉她刚从哪里学来，热气腾腾的热炒。

"他是古代人，今天的人，比如斯老师，她相信炼丹术吗？"我问，自以为是的语气，像在发世纪之问。

"斯老师当然不会完全follow古老的道教文化，她要挖掘其中的精髓……"雷鸣抢答。

她这句话像从宣传小册子上学来。

"我和斯老师之间是同事关系。"见我皱眉，雷鸣强调，"我不是她的信徒，她的医疗气功我是愿意学的，虽然我也没有好好学，我在忙学校的事务工作。现在更能吸引我的是量子力学理论。所以，要我解释，你在飞机上看到那个邓老师……"

"是在另一个维度。"我抢在雷鸣之前说道，"算了，我不想对我不懂的东西说三道四，我只相信我看到的世界！好吧，邓老师到底是在哪部飞机成了悬案，我觉得这不是坏事，我也希望有一天，被神秘的力量召唤。"

我半真半假，似嘲非嘲。

"即使邓老师是斯老师的信徒，按你的说法，是信奉道教的信徒，他也并不是你想象的那么神神叨叨。"冰子反驳我，一门心思维护邓老师的形象，"他读林语堂英语版的《苏东坡传》，读得非常深入，他是通过林语堂认识苏东坡，因为苏东坡才去钻研道教。今天下午主要就是在聊林语堂这本书，邓老师认为苏东坡用他的人生和诗词，让道家思想更加有人性更加有活力。"

人性？活力？我冷笑了，想到飞机上的阴沉男，也就是这位邓老师，不吃不喝飞机上的食物和水，和洒脱的苏轼相去甚远。

我知道不能再纠缠这个话题，否则我也像祥林嫂了。

"这本《苏东坡传》我有中译本，是我最喜欢的传记。"我回答冰子，几分坏笑，"不管怎么样，邓老师聊这本书，足以打动他想打动的人——用他优美的英语。"

我强调最后这句话，还是没忍住刺了冰子一下。

"我承认，听他讲故事很过瘾，有兴奋的感觉。"冰子是直率的。

"你和邓老师两人更像在聊天中做爱！"

我和冰子都被雷鸣这句话惊到了。很到位啊！雷鸣又一次给了我惊喜，也让我对她产生陌生感。一个从小一起长大的老同学老闺蜜，对她，我到底有多少了解？

冰子不响。她沉思的神情，像在消化雷鸣这句话。我和雷鸣相视一笑，带点恶作剧意味，在等她反驳或解释。

"还没有到做爱的程度，看他的样子那么瘦弱，怀疑他的性能力。"

冰子的回答也让我惊了一下，她也不是吃素的。

"看起来瘦弱的人，未必性能力不强，我那前夫便是瘦弱的……"雷鸣戛然而止。

"好吧，他说话时富于激情，是性感的。但我不会和他上床，我喜欢现在这种感觉。"

"不上床才是最佳状态，让对方的性感保持在精神领域。"我发起议论，"在我们这样的年龄，有个精神上的意淫对象难得啊，并且这个人就在触手可及的范围，简直……太有张力了！"

"你不是在讽刺吧？"冰子疑惑地看着我。

"当然不是，假如你听出讽刺，只能说明我有点酸。我真的非常欣赏这种关系！你们看《花样年华》中梁朝伟和张曼玉这对couple，多么暧昧多么有张力，他们之间的火花让观众都有被电到的感觉。有关他们两人的绯闻，传了多少年！我从来就不相信。那只是普通人的见解，以为眉目传情就一定上床了。他们不懂，两人之间在戏中这么有感觉，真实生活中恰恰不是情人。去听听最开放的美国演员怎么说,生活中不上床,两人在台上演对手戏时才会有火花。"

"李小妹,这次见到你真是刮目相看,几次在无意间,听你讲出不寻常的见解。"

不知为何,当你听到冰子赞扬时,反而不爽,这时候的她有一种居高临下的感觉。

"那得感谢萧东对我的背叛,我一下子从小学生变成大学生。"

冰子垂下眼帘,不自在了。雷鸣立刻充当和事佬。

"我应该也有功劳。"雷鸣对我说,"那些日子你经常来我家,认识不少能人吧?"

"没错,我就是在那段时间,在雷鸣家认识不少朋友,有些成了男朋友。"我告诉冰子,语气诚恳,掩饰了一下刚才由我造成的片刻难堪,然后转脸问雷鸣,"不是还认识了一位交谊舞高手,跟着他学跳交谊舞吗?"

"他一来,我们家就立刻开起家庭舞会来。"

雷鸣又得意了。

"羡慕!交谊舞高手也是男朋友之一吧?"冰子问,态度又复诚恳。

"不是,他是老克勒那种,当时已经六十多岁。对了,跳交谊舞时,你去看那些搭档,跳得有暧昧感的,都不会是情人,情人跳舞是另外一种感觉,亲密无间那种……"我转脸对雷鸣道,"可惜你在自己家放过了那位交谊舞高手。"

"我那时在新婚阶段,没心没肺地快乐着。"雷鸣既是回答也是倾诉,"以为和我前夫是真心相爱,怎么会想到后面有一场噩梦等着我?到英国后,咨询心理医生,又看了不少心理方面的书,才明白我前夫是个病人,患有躁狂症,但他不知道,我更不知道。我们当时分居在两个城市,难得见面,无法真正了解对方……"

话题转变得突兀又沉重,房间的空气一时冰冻。

有人敲门。

此时的敲门声,像微波炉完成化冻后响起的"叮"的一声。

打开门,外面站着两位男士,一黑一白,拉吉万和邓布利多。

两人手里都拿着书。

邓布利多给冰子拿来英文版的《苏东坡传》。一看就知道这本书被他翻了多遍,书角磨损,书页却平整如新。冷淡的人好像都有洁癖,日常生活中执着于条理和秩序。

拉吉万给我送来英文版的聂鲁达诗集。

我颇感意外。想起那天我赞叹过聂鲁达的英语译诗美,说自己只读过聂鲁达的中文译诗。

我连声道谢。拉吉万深邃的印度黑眸凝视我,让我有出冷汗的感觉。我心虚地瞄了两位女友一眼,冰子在和邓老师周旋,雷鸣在忙着给他俩泡花草茶。

他俩没有多聊,喝完一杯茶就走了,两人都是早睡早起的人。

"跟你们这些生活健康的人在一起,压力太大,会得焦虑症……"我发着牢骚,瞥见冰子意味深长的一笑,便问她,"怎么了?想说什么?"

"拉吉万还是挺会挑人献殷勤的。"

"我是种族主义者,不接受太黑的人。"我立马回答冰子。

她只能笑着摇摇头。

"拉吉万也是素食主义。"雷鸣接我的话,毫无幽默感。她坐到沙发上,拿起编织篮里勾到一半的台布,关照我:"现在是我们做手工的时间。你有时差,先去睡吧。"

冰子不声不响坐到雷鸣身边,拿起她的那块有些丑陋的绒线织物继续编织。她笨拙的手势令我忍不住又想 show off 了。

于是我挤到她俩中间,从她们脚边的竹篮里拿起我的才开了头的围巾,我手里的绒线围巾,在时钟的滴答声里寸寸见长。

我们不再交谈,专注在各自的手工活上。这是一段难得的宁静时光,我们沉浸在此时此刻,没有过去,没有未来。

十六

这天夜晚,因为时差,我先告退上床。

时差的好处是,睡意说来就来,闭上眼便沉到黑暗中,连梦都没有。我这种入睡难的人是有点享受时差的。

我被一阵喧哗声吵醒，笑声、碰杯声、钢琴声，门外的客厅在举行派对吗？我睁开眼睛，在床上听了一会儿，有人伴着琴声在唱歌，接着有鼓掌声……我心里奇怪，深夜派对，雷鸣没有说起，她想给我惊喜吗？

门外就是客厅，我得打扮一番才能开门。

我起身特地找出为派对准备的衣服——在美国大学城倒是经常有派对。我怕冷，穿了一条银灰色宽腿羊毛裤，配一件黑色高领羊绒衫。

外面的声音渐渐低下来，我担心派对快结束。在安静中生活太久，简直是迫不及待赶一场派对。我没有时间给自己仔细化妆，便只涂了口红，匆匆穿上鞋子打开门。客厅灯暗着，空无一人。

我打开客厅灯，客厅毫无派对痕迹，家具沉默无声，好像它们有灵魂似的。仔细看去，长台子这边有点异样。原先，围着长台子等距离安放、椅背紧靠台子的靠背椅，被拖出来了，它们统统朝客厅的一个方向斜放着，好像先前坐在长台边上的人在朝客厅那个方向看，那里放着一架旧钢琴。我脑中即刻浮现一幅画面：有人在那架钢琴上演奏，客人们出于礼貌统统脸对着演奏者。然而，谁都知道这架钢琴好久没有被弹奏，也好久没有被校音了。

我的心脏因为惧怕而发出响亮的心跳声。

我去敲雷鸣的门。她房间的门虚掩着。我走进套间，卧室的门开着。雷鸣不在，被子凌乱，好像是从床上起来匆匆出门。楼梯灯突然亮了，我不由自主走上楼梯。三楼走廊空空荡荡，没有安置任何家具。

有人打开房门，穿着浴袍的拉吉万走出来。

"从天窗看见门厅灯光，"拉吉万见是我，有些尴尬，"以为我刚才洗完澡回房间时忘记关灯。"

"你有听见唱歌弹琴的声音吗？"

拉吉万看着我，确切的形容是盯视。他盯视我片刻，才点点头。

"没关系，你就当作没听见。"他说。

这句话让我一惊，想起雷鸣说过，石头公寓会闹鬼，我害怕起来。这时候我发现楼下客厅原本亮着的灯暗了，心里发怵。

"你能陪我回房间吗？"

拉吉万后来告诉我，当时我的脸白得像纸。他过来搂住我肩膀带我下楼，我们一起进我的房间。我当时没有意识到自己的身体在微微颤抖。关上门后，我已经在拉吉万怀里。

隔着拉吉万的浴袍，脸贴着他厚实的胸膛、跳出激烈声响的心脏，我好久没有亲近这般炽热的肉体。我几乎是趴在他的身上，恐惧和突然而至的情欲，令我双腿发软。

我们很快到了床上。黑白身体的交缠，视觉上色情。我把他推开了，我想到了保险套。无论多么失控，"保险套"已经成了我身体内部从未丧失功能的警铃。

拉吉万上楼去拿保险套。他离开后,我关门并上了锁。回到床上,我很快睡沉了。

早晨醒来,想起半夜发生的事,我怀疑是梦境。来苏格兰之前,我从不会搞混现实和梦境,但在F镇,我与无比清晰的三次元产生了隔膜,我的现实感像蒸汽弥漫的玻璃窗。

我问雷鸣,她半夜是否离开过房间,我希望这个记忆是准确的。

谢天谢地,雷鸣说她离开过。大概十一点多光景,她去给艾米送精油,艾米头痛发作。

我们俩在她的套房客厅准备早餐。我切面包,准备做三明治;雷鸣磨咖啡豆,准备煮咖啡。此时的厨房与我的夜晚隔得很远。

这是个晴朗的早晨。窗外是小镇主街,斜对面有一座古老的教堂。我告诉雷鸣,我到达F镇次日早晨,在客厅睡回笼觉时,梦里听到教堂钟声,奇怪的是,之后再也没有听到教堂钟声了。

"这座教堂已经关闭很久,不会有钟声,做礼拜的教堂不在这条街。"

她打开窗户,让我看个仔细。这个朝向是楼房进出的反方向。

教堂在窄小的街上称得上雄伟,走到窗口抬起头,才能看到升向天空的教堂尖顶在阳光里熠熠生辉。教堂年久失修,外墙和窗户有破损。未被阳光照到的部分墙面好像还留在黑夜里，砖墙颜色发黑，令人生畏。比起教堂，旁边一栋楼的墙面颜色更黑，这是一栋曾经失火的酒店，墙面和招牌都被熏黑了，成了一栋废弃的楼。但酒店旁边延伸到小街尽头的一排小楼却兀自明丽地站立着，阳台上窗台上的盆栽鲜花格外悦目。

这座老教堂令这条街显得神秘古老，比墓园还安静。无形流走的光阴，在建筑上留下痕迹，渲染了气氛。教堂塔尖指向空中，迷路的人远远看见它就找到方向了。雷鸣说，在F镇，这座教堂是重要地标。

"奇怪，我在梦里听到福音歌就像我也在现场，那些旋律在梦里是清晰的，我几乎不去教堂，怎么会有福音歌出现在记忆里？"我嘀咕着，仍然站在窗口。

"你听到的福音歌也是真的，不在同一个时空罢了……"

"我想知道这座教堂的故事。"我打断雷鸣，"为什么不再为教徒开放？"

"已经好几百年，中间经历了很多事，很多次战争，哪天我带你去镇上的历史博物馆，那里有关于教堂历史的介绍。不好意思，那间博物馆我都没有进去过。"

"小镇的真实历史应该第一时间了解。"我说教的口气。

"是啊，要学的东西太多……"雷鸣并没有听出我对她的指责，"我常常被新事物新观念吸引过去，光是量子力学方面的书都看不过来……"

"昨天晚上终于听到鬼魂的声音。"我打断雷鸣，本来是想等到冰子来了，再告诉她们昨晚的遭遇。但我不耐烦听雷鸣可能要铺展开的话题，想起那天早晨拿起那本量子力学的书，我都没有仔细阅读的勇气。

"怎么那么巧？是我出去的时候吗？快告诉我是怎么回事。"

雷鸣兴奋了，睁大眼睛，双眸靠向鼻尖，她所特有的"斗鸡眼"似的神情，孩子气的，令我对她的不满即刻烟消云散。

"我当时听到门外客厅很热闹，以为在开派对，还把自己打扮了一番，开门后……当然，什么都没有……"

我语气平常，就像在说昨晚见到某个不速之客。在F镇我正在学会接受我在外面世界见不到的景象，包括我和印度人的亲近——居然越过深植在骨子里对黑肤色的歧视，因为恐惧，和突然惊醒的对拥抱的渴望？

"其实天天晚上闹，但每个人听到的时间不一样，我可能习惯了，听不到了。"

"不会进我的房间吧？"

我顺口问道。想起昨晚让拉吉万去拿保险套，我却把门锁上了——半途而废的情事。

"不会，房间有人他们不会进来。"

"'他们'？有很多人吗，不，很多鬼吗？"

我这一问，把自己给吓了一跳。

"原先这家人很喜欢开派对，死去的女主人可能很怀念那段时光。听说，她最后死得很孤独，因为太老了，同代人都走了。"

简直可以为雷鸣这几句话写一个长故事,我都跟着惆怅了!

我很快转移话题,趁冰子还未过来,我想从我的角度和雷鸣聊聊她和艾米的关系。在她和艾米的关系上,冰子态度激烈,毫不掩饰她的反感。所以我希望避开冰子,和雷鸣讨论。

"雷鸣,艾米不舒服就叫你,这有点过分,你不是她的家庭医生……"

"没关系我乐意帮她,也是帮我自己。我在试用美国一家公司的精油,如果好,我会帮他们推销。昨天晚上我用精油给艾米头部按摩后,艾米头痛缓解,我人还没有离去,艾米就睡着了。"

我的脑袋一时混乱,雷鸣一边给基金会做募捐工作,一边做传销?

不过,她到底也是活在现实中,需要给自己赚生活费,再说她的传销是在合法范围。问题是,这两个角色一起做是否冲突?难道,她要在斯老师的学生里面传销精油?斯老师能接受吗?人家明明在推广气功,你弄个精油进来,不是在抢她生意吗?

我忍不住就这个问题向雷鸣发问。雷鸣回答爽快。

"没关系啊,斯老师也在用精油,气功疗法是以锻炼内部为主,通过身体内部的运动和感觉,达到高度安静的境界,使人体对于外界致病因素的抵抗力加强。但斯老师也认为气功不是万能的,其他必要的传统中医、理疗都可以配合。精油是从植物中萃取,通过嗅吸涂抹,属于自然疗法,完全没有任何副作用……"

见我不耐烦的神情,雷鸣自己中断了话题。

说真的，有点吃不消我这个老友，她如今的言辞中，一半是广告词。因为她总是在追新的商业潮流，却又把商业行为精神化。到底是我太现实，还是她太幼稚？比如这间东方文化学校，以我的视角，能说它不商业吗？收费就是商业行为。虽然，他们可能把部分利润作募捐。

"你没有去找冰子，昨天晚上？"雷鸣突然转话题。

"我没有想到找她，万一她房间有别人。"

我完全是下意识地说出后面这句话，觉得自己够卑鄙，明明是我自己房间进了别人。

"她睡觉戴耳塞，不一定听得见你敲门。对了，不如叫她给你一副耳塞，她有一堆耳塞，戴了耳塞你就听不见了。"

"闹鬼的话，戴耳塞应该也听得见，既然不是人间的声音。"

我的话让雷鸣愣了片刻，然后用上赞叹的语气。

"你是有悟性的，你相信超自然力量的。"

我不愿向雷鸣承认。年幼时倒是相信过超自然力量。我想说相信超自然力量，不是通过别人的嘴告诉你才去相信，是与生俱来。

学校教育会把这称为"迷信"，我们为自己"迷信"而羞愧，并试图扔弃。然后，历经沧桑，你又开始去寻找这种"迷信"，希望通过它去接受你曾无法接受的悲剧，解决你曾无法解决的人生难题或得到安慰，你需要精神上的灵丹妙药。

联想到雷鸣这些年的追求，她即使推销商品，也是有选择推销。她不推销奢侈品化妆品、医疗器材这些更有利润的产品，她推销跟养生和环保有关的产品，她不走普通传销的路子——让你相信，如何通过传销致富。她真心相信她的产品是在帮你解脱现代文明带来的弊病，让你相信气功教室比健身房健康，精油好过西药，因为是自然疗法没有副作用。说到底，她要让自己相信三次元之外有第四次元，相信多宇宙。因为，在另一个宇宙，她原生家庭是完整的，她父亲还活着……这联想让我心里涌起悲哀。

"你没有找到我，一个人回房间不怕吗？"

雷鸣继续追问，我有些意外，她通常很粗心，再重要的话题一打岔她就忘了。

"我看见楼梯灯亮着，便上三楼看了一下，在那里遇到出来上厕所的拉吉万。"我小心选择句子回答雷鸣，"我问他是否听到二楼客厅声音，他没有直接回答，只是让我不要在意，并且送我回了房间。然后我太疲倦，马上又睡了。"

我心里在嘀咕，雷鸣为何问个不休？难道拉吉万离开我房间时，有人看见了？

十七

"那就好，你能一个人睡我就放心了。今天下午，我丈夫戴维要来，他要住两个晚上……"雷鸣道。

说话间，冰子推门进来，她今天起得比平时晚，肿着眼泡。

"看你眼睛都肿成一条线了。"雷鸣嘴快。

"昨天晚上跟我前夫在电话里吵，放下电话哭了一场，然后就睡不着了。"

我和雷鸣面面相觑，等着她说下去。

"这咖啡香和面包香我在走廊就闻到了，能否让我先填一下空的胃？"冰子问。

我为冰子倒咖啡，把切片面包放进多士炉，摆上黄油花生酱牛奶罐。

我和雷鸣才开始进餐，冰子已经风卷残云吃完她那份早餐，在收拾料理台。她无法忍受脏乱，喷洒去污液，用海绵使劲擦洗，将料理台擦得跟医院问诊台一样，干净得细菌无法生存似的。

想起昨天晚上邓布利多拿来的那本《苏东坡传》，书角磨损，书页却是平整的。冰子和他是同一类型，洁癖、秩序控。他俩是否在深夜往来？这是一栋通奸方便的楼房，女士住二楼男士住三楼，上上下下自由，以你的喜好和意志决定。而我最终对拉吉万锁上了门，我是个种族主义者。

我吸了一口气，让自己思绪回到此刻。

"今天你们谁开车送我去超市？说好了今天我买食物我做晚餐。"我问她俩。

"哪有天天上超市，又不是在国内天天上菜场……"冰子自觉失言，吐了一下舌头，"冰箱里有不少食物。"

说着冰子打开冰箱，拿出冷冻箱里一袋袋中国冷冻面食，展示给我。

"你看，你都没有动过。"

"这些中国快餐只能中午吃，跟着你们吃得清淡，才来几天，肚里开始缺油水，晚上要吃大荤，要大鱼大肉……"

她们直笑。

"你才来几天？怎么感觉有几个礼拜了？"冰子在问。

"我感觉更长，前面生活过的地方都变得遥远。"

"这里是世外桃源……"

"是去魔法学校的路上。"

我的话让冰子一愣。雷鸣则大笑，一个劲点头。

"从伦敦到魔法学校，我们F镇在半路，所以，这里确实是在去魔法学校的路上。"

"别忘记我是医生，"冰子看着我们，先摇头，表示不愿加入我们的"迷信"对话，接着又点头，"好吧，我承认，在医院实习时闹过鬼，主任医生都相信，我能不信吗？"

"巧了，说到闹鬼，昨天半夜……你没听见吗？"我问冰子。

"听见什么？"

冰子突然神情紧张，她也听见了？

"我睡梦中被门外声音吵醒，好像客厅在搞派对，碰杯声钢琴声唱歌声……我还穿戴了一番，准备加入。开门出去，没有人，没有派对的痕迹，好像我之前是在做梦。不过，围着客厅长台子的靠背椅却被拉了出来，它们统统侧放，朝着钢琴的方向。"

"我没太懂……"冰子凝神看着我的眼睛,好像在对我望诊。

"他们原本围着长台子坐,为了向钢琴演奏家致敬,所以把椅子转过去对着钢琴。"

雷鸣对冰子的一番解释,把我吓得不轻,她的描绘,跟我的想象一模一样。

"你说的'他们'是谁?"冰子问雷鸣。

"当然是鬼魂,李小妹昨晚见到的情景,我也经常遇到。"我看到冰子哆嗦了一下,雷鸣继续道,"这些被搬动的椅子到了早上又回到原来位置,这间客厅可能以前经常进行家庭音乐会。"

雷鸣若无其事,仿佛这是一件平常事。

冰子朝我看看,见我没有异议,便耸耸肩。

"我昨晚大半夜未睡,到清晨才迷糊了一会儿,没有听到任何声音。"冰子躲开我的目光,心虚的样子。

"我刚才就告诉你,不是所有的人都听得见。"雷鸣对我说,有些得意。这是她证明自己灵异观的最佳时机。

"听得见怎样?听不见又怎样?"冰子问,不是责问,而是她一贯的好学态度。

"李小妹比较有灵性,冰子你学科学,不太一样。"

"我学医学,不是科学,医学只是科学的一部分,我是指西医学。但医学除了用科学方法治病之外,还有人文性和社会

155

性，这又不是科学可以包含的。"冰子纠正雷鸣，字斟句酌地，回到她的学霸腔调。

雷鸣倒没有被她镇住。

"我的意思便是，科学是唯物论，只相信实验室出来的数据，不相信奇迹……"

"当然不……"

"刚才不是在讲最俗气的人间事吗？"我打断冰子，这两个人要是就这个话题争论，会没完没了。两人站在两个领域，谁也说服不了谁。我提醒她俩："我再一次要求去超市买我想吃的鸡鸭鱼肉，各种大荤。刚才就说了，我胃里缺油水，再说，雷鸣的丈夫今天下午过来，她申请了一天假期，顺便陪我们游览一些景点……"

"真的吗？我还没见过你英国丈夫，事实上你前一任丈夫我也没有见过……"突然意识到不应该提雷鸣前任，冰子吐一下舌头，这是她意识到自己说错话时的反应，"对不起，昨天晚上失眠大半夜，脑子昏的……"

"我前一任丈夫李小妹见过多次。"雷鸣并不避讳，转向我道，"你早就对他没有好感。"

"是他对我们没有好脸色。"

"哦？"冰子感兴趣地看着我，等着我说下去。

"昨晚真的没有听到什么声音吗？"我却岔开话题，反问冰子，我不想让她转移话题，我觉得她试图对我遮掩什么。

"我戴耳塞了。"

"不是因为戴耳塞，耳塞挡不住那种声音，刚来时，你也听到过。"雷鸣指出，"你告诉我外面很吵，我没有告诉你原因，那时你也戴耳塞的。"

我怕话题循环，堵住雷鸣，问冰子："我发现你对F镇的奇怪现象并没有感觉，可你当时告诉我，这里是我们向往的地方。是什么让你觉得值得住下来？"

冰子想了想才答："很难说清楚。首先，你也知道，雷鸣这个人是有蛊惑力的，她把这里描述成世外桃源，而我还有好奇心，加上离婚后的郁闷、失败感，我需要到一个听起来美好的小镇转换心情。雷鸣还特别强调，这个镇上的居民很特殊，很多人来这里修身养性，这一点特别打动我……"

雷鸣抿着嘴在偷笑，此时她正抓紧时间用钩针继续编织她的棉线台布，于是我也惦念起编织到一半的毛线围巾。我希望走之前能完成我成年后唯一的手工作品。

我拿起绒线针，便有一种莫名的踏实和向往。希望生活以这样的方式继续？我不知道，也许只是一时的念头，至少这手工活可以让你变得平静单纯。冰子也已经拿起她的编织物编起来，虽然笨手笨脚的，却能看出她是相当热心于这项手工活。

"我来了以后，到处参观，镇上的确有不少……跟修身养性有关的俱乐部、会所，这些俱乐部和会所……并不都是跟着现在的潮流开设，其中有一些已经开了几十年……我跟他们有交谈，他们那些会所……或者俱乐部也附设环保方面的组织……"

冰子被她的编织物干扰,不时停下来对付手里的东西。

"拜托了,你笨手笨脚的。"我没耐心听她讲话断断续续的,"不如手停下,假如你要继续说话。"

"羡慕你们能边说话边做手工。"冰子终于还是停下手里的活,继续道,"归根结底,都是些奉献型人格的人聚集在这里,就像我们雷鸣,你看她艰苦朴素地穿起过去年代的衣服,每年都捐钱……"

"现在斯老师是我的榜样。"雷鸣插嘴。

只有她会毫无障碍说出这类小学生的语言。

"其次,邓老师也起了一定的作用……邓老师对道家哲学的阐述,对我有心理治疗作用。不过,他对斯老师的气功感兴趣,这个我不得不承认,我跟李小妹一样,没兴趣,甚至有戒备。我承认对邓老师很佩服,不过,他对道教那套带有宗教仪式的东西太着迷,可以说是狂热……"

"昨天不是还觉得和他聊天让你兴奋?"我也忍不住插一嘴。

"可能就是因为这股狂热劲,他的话才有感染力。我昨天晚上睡不着,给邓老师发短信,他半夜三更在房间打坐。我们电话聊了一会儿,必须承认,昨晚跟他聊电话忽然有想和他上床的感觉……都怪李小妹,讨论那些性感话题,弄得我这潭死水也起波浪了……"

"结果呢?"我急问。

"没有结果,人家崇尚无性无欲生活。"

"你问他要性,他回答你?"我急性子,问得直率。

雷鸣在一边哈哈大笑，冰子也笑了，朝我摇头表示无奈。

"亏你想得出来，我有这么傻？当然是婉转提问，以求学的态度，顺便了解了他的人生观。"冰子自嘲，恢复她锋利口齿，"听到他把性的话题当作一门学问进行讨论，我的热身体就像碰到冰块，立刻冷了。"

"F镇的氛围就是清心寡欲。"雷鸣插话，"我和老公的性生活只在伦敦发生，在这里完全没感觉。"

"这个话题就pass了，好不好？我的话还没有完，我在回答李小妹。"冰子制止雷鸣，她骨子里是保守的，不习惯过于直白地谈论隐私，她用讨论问题的、理性的语气道，"刚才所说的这些形成了这个小镇很特别的风气。虽然他们这些西方人未必读过老庄的书，但他们无争无为的态度，与老庄哲学的'清静无为''顺应天道''逍遥齐物'有相似之处。我到这里时间短，只接触了斯老师和她的学生，印象很好，都是些特别质朴、带着各种人生问题来这里求疗愈的人。我在他们中间觉得舒服，不再认为自己很失败……"

说到这里，冰子眼圈红了。

"我现在越来越觉得'成功'这个词是毒药。"我接冰子的话，为她解围似的，"尤其是在国内的学校，说什么赢在起跑线，我听到'赢'这个词就想骂人……"心里的os是：冰子赢了所有人然后得了忧郁症。"我得努力挣钱，把我儿子弄到外边的学校读大学……"

"这里有所好学校，我给你资料。"冰子说。

159

"我可以考虑，至少这里不用担心地球毁灭……"

"好啊，你没有白来这里……"

我不过是说句玩笑话，雷鸣当真了，我打断她：

"是啊，至少我可以结完一条围巾离开。"

"我以后会想念这个场景，我们三人一起做编织物的场景。"冰子说着，又开始笨手笨脚地编织她的毛线围巾。

女人们一起做编织物，这一古老场景，如今能让你纷乱的心绪获得宁静。我和冰子的感受是相同的。

可是，简单的需求，在今天却难以实现，我们不是四散在地球各处？

"让我们回到买菜的问题上。"只怕雷鸣惦记刚才的话题，我先转话题，"雷鸣今天你要陪我买菜，我知道你丈夫喜欢吃土豆番茄炖牛肉，在上海我们一起吃过饭。"

我告诉冰子："你的中国点心不会白买，雷鸣的英国先生非常喜欢吃饺子。"

冰子点点头，欲言又止。

"我已经想好了，让戴维为我们做一次他拿手的西餐。"

雷鸣眸子闪闪发亮，一双睡眠充足的眸子，她好像从未抱怨有睡眠问题。

"对了，昨晚和我妈通了电话，她让我问你好。"雷鸣告诉我，"她非常吃惊你到这里来，因为之前你们通电话时，你没有告诉她你会来。"

我还没有机会跟雷鸣聊她母亲担忧的事呢，雷鸣既然提起，我便道："趁冰子在，让我们一起聊聊你卖伦敦房子的事。"

"你要卖房子？"冰子问雷鸣，吃惊的样子。

我于是把雷鸣母亲的担忧复述了一遍。

雷鸣却告诉我们："伦敦房子还在挂牌，出手并不容易，可能出的价偏高。"她纠正她母亲的说法，"戴维早就不做警察了，当年为了帮我接送还在读小学的儿子，他做保安，长年上夜班。"

"那时你在忙什么？"冰子问雷鸣，她皱紧眉头，像在责问。

她一定认为，雷鸣让丈夫辞去警察做保安非常不明智，我知道冰子这类人是非常在意职业的。

"我为生意上的事，经常回中国。"雷鸣轻描淡写，我觉得她是故意的，你们越在意的事她越不在意，"戴维比我更适合带男孩。我们家是男主内女主外，他喜欢住家生活，对孩子有耐心；再说男孩跟他更有话聊，聊球赛聊音乐……"

"这是我的梦想啊，男主内女主外！"冰子感叹，夸张地举起双臂。

"你妈妈不知道。为什么不告诉她，戴维早就换工作了？"我问雷鸣，"你经常回国，她不知道是戴维在照顾你和前夫的孩子？"

"她对我丈夫的职业看得很重，当警察她不满意，当保安更让她失望了，所以我不想告诉她戴维换工作的事。她觉得我应该留在家里当主妇，但是她没有为我做榜样，当一名好主妇的榜样……"

"我母亲也是事业型，也没有为我做当主妇的榜样。生活教会我当主妇，我没有戴维这样的丈夫，我得放弃职业，回家带孩子。"冰子深深吸了一口气，仿佛面对一口深井。

"你觉得当主妇很委屈吗？"我的口气颇不以为然，那是准备争论的前奏。

"对孩子不委屈，是对丈夫。他太理所当然了，以为女人全职在家，他回家就可以甩手不管，找个保姆都讲八小时工作制……"

"而且是耶鲁毕业的保姆。为什么不请个保姆？你仍然保持工作，part time 那种……"

"谁不知道啊？以为只有你想到？"冰子火气大起来，"老大体弱多病，保姆 handle 不了，我必须全心全意照顾他，加上有了老二……作为女人我也是有问题的。"她口气又缓和下来，"人家半小时做完的事，我要一小时。在家事上我特别笨拙。"

我摇摇头不知说什么好，说耶鲁学霸不应该全职在家照顾孩子？听起来没错，不！耶鲁学霸全职在家必定是无奈之举。旁人认为，总有两全其美的办法，但我们不是当事人，不知其中的难处。难怪冰子发火。我并不想知道冰子和前夫吵架的事，但为了让她发泄一下，我还是要问的。

"为什么事和你前夫吵？既然已经离婚了。"

"为了让儿子们转来英国读书……"

"他当然不会同意，不是抚养权归他吗？"

我对冰子居然提出这个要求感到吃惊，到英国读书，还不是雷鸣在怂恿？我朝雷鸣白眼，她无辜地看看我。

"是啊，我也是一时头脑发热，算了，不说了，反正，错的是我。不过，雷鸣，伦敦房子不应该卖，以后再买进就不容易了。"冰子突兀地转了话题，她问雷鸣，"伦敦过来虽然飞机一个多小时，但来去机场终究不像坐火车巴士那么方便。你和戴维多久见一次？"

"看情况，三四个星期左右，我回一下伦敦，我要是没空，他会过来，但通常是我过去。"

"这是分居状态了。"冰子又皱眉，"你倒是不怕影响夫妻感情？"

"老夫老妻了，几个礼拜不算长，我回中国最长三个月都有过。"

"不错，小别赛新婚。"

我笑看雷鸣，她的小脸盘总是红通通的，雀斑在两颊跳跃，几分乡气，却显得健康滋润。

"看你的脸色，就知道你的夫妻生活令你满意。"

"你的怎么样？"

我这句话遭来雷鸣和冰子同问。

"早就没了，我是性冷淡。"

"夫妻没有性生活可以吗？"雷鸣问。

"夫妻们通常都没有性生活，"冰子回答在先，"结婚就是为了逃离性生活。"

我在一边闷笑。冰子继续道："像你这种是极少数，所以，你怎么折腾，你老公都接受。"

雷鸣便得意了，她难得从冰子这里得到肯定。

"那次在中国三个月回来，第一时间和他'夫妻'一下，他那东西软趴趴的，说太久不用，我也是要花点时间才能让它硬起来。"

我哈哈大笑，冰子却摇头，她比我们更有分寸感。

这种夫妻隐私从雷鸣嘴里出来，不带幽默感，完全是写实讲述，这便是雷鸣总是让我觉得"好玩"的地方。她身上的天真气息，是她自带的光泽。

"我想在这边买房子开民宿，同时开个茶艺馆，所以伦敦的房子还是得卖。戴维可以到这里做民宿。"

冰子和我面面相觑。

"戴维愿意来吗？你要尊重他的想法。"

我把雷鸣母亲的担忧也说了。

"她不了解戴维，戴维和我的关系很铁……"

"很铁？听起来是死党的感觉，我应该羡慕你吗？"我笑问。

"那你更要为他想，他是伦敦人，那里有他的社交圈子。"这是冰子的看法。

雷鸣没作声，看起来，冰子的看法对她更有影响。"耶鲁"还是有光环的。搁在平时，我又会冷言冷语了，但在这件事上，我希望耶鲁医学生的看法能阻止雷鸣的一意孤行。

我心里并不相信雷鸣后面的人生会在这偏僻的小地方度过，她以前是派对动物，希望人生在聚会中度过，骨子里有醉生梦死倾向……

宛若某种启示,"派对"这个词让我突然联想到,这里的东方文化学校不正是每天在持续地聚会吗?所谓派对便是人和人聚在一起,东方文化学校正是雷鸣需要的另类派对。

十八

冰子说她很困,要回房小睡一下。

雷鸣准备等丈夫到来后,带我们一起去附近几个景点。之前她丈夫来过两次,她都没有时间带他到处走走。我们约了中午在白楼餐厅午餐时碰面。

冰子离开后,雷鸣想去白楼餐厅看看,她似乎对厨房的事特别上心,也许是不放心艾米。但我留住她,有件事我还没有找到机会告诉雷鸣。

我出发去美国前,一次偶然的机会,我遇见多年未见的友人,我们约了一起午茶。午茶那天,她带来雷鸣前夫的妹妹小平。事实上,这位友人也是在雷鸣婚后的家里认识的。小平与我们同年,所以也曾经玩在一起。

雷鸣突然去英国,然后离婚,我和她俩就断了联系。

那天,小平见到我的第一秒钟眼圈就红了。

"猫咪好吗?该上大学了吧?"

这句话才问出,小平便泪如雨下。她是个说话轻柔、性格温和、很女人的女子。

"猫咪"是雷鸣儿子的小名，那孩子 baby 时有一双又大又萌的黑眸。

"我想猫咪，太想了，我的女儿和猫咪是同一年生的，雷鸣的奶水不够，我给猫咪喂过奶，猫咪就像我的儿子。"

小平的泪水擦了又流。

难怪小平这么伤心。别说喂过奶，你把一个婴儿在怀里抱久了，再放下他，都会有牵挂。

"她突然离开中国，我们家人再也没有见过她和猫咪。那时猫咪两岁不到，他爸爸也再没有见过这个孩子，我老妈八十多了，就盼望活着再见猫咪一眼。"

小平的话，让我意外，也很震动。我知道猫咪回国了好几次，他们竟然没有相见？小平告诉我，她哥哥，也就是雷鸣前夫，早已结婚，生了女儿。所以，猫咪是她母亲唯一的孙子。小平希望我转告雷鸣，她和她母亲对猫咪的思念。似乎，她和她母亲比她哥哥更想念这孩子。

我答应小平到美国后给雷鸣电话，但换了环境，其他事情干扰，竟然就忘了。刚才聊孩子的过程中我才想起来。我不想在冰子面前聊雷鸣婆家的那些事。冰子是半个西方人，她比我更不能接受雷鸣对孩子封锁他父亲一家的做法。她会用她那一套教条指责雷鸣，说些空洞的大道理。奇怪的是，雷鸣却很吃她那一套，她认为冰子内心有自己的原则，有时为了坚持她的那些原则，她可能无情无义。这让雷鸣觉得冰子酷，因为，雷鸣自己天天在讲大道理。而我又相当自负，即使冰子与我看法相同，如果姿态比我高，便会引起我叛逆的一面，所以常常有意无意与她唱反调。

为了打动雷鸣，我不单单转告，而是描述和渲染小平伤心的一幕。这一幕倒是触动了雷鸣，引起的不是同情而是愤怒和痛苦。

"你知道吗，那几年我也是不正常的，只想逃离，不要见到他，也不要见到他的家人，跟他有关的一切都不要见也不要听。我知道我对不起小平，不过，跟他对我做的那些事比起来，我也顾不上了。想想吧，这么多年过去了，我还会做噩梦。"说这话时，雷鸣眼中闪现惊恐。

"性欲狂"，我没有忘记她曾经用了这个词。发生在那些黑夜的黑暗故事，我很难想象。

"我们算是合法夫妻，所以，他可以合法强暴我……"雷鸣仿佛欲罢不能，"他有性欲亢进症，我们当时都没有这方面的医学常识。他一个晚上要来几次，天天晚上都要，连我例假期间都不放过。"

我震惊，说不出话来，这种事连狗血的美剧都很少描述。

"我得了子宫颈糜烂，我逃回娘家，他冲到我家把我拖回去。这事情，当时如果报警，大概会成为笑话。我如果不是向我妈出示妇科医生诊断书，连我妈都不会站在我一边。我当时年轻，脸皮薄，求我妈去向他母亲告状，我妈觉得这是夫妻间的事，说出去丢脸，尤其无法到我婆家去说。我急了，自己跑去找他娘。果然，我妈担心的事发生了，他娘叫我住口，说这是夫妻间的事，她不想听。她不仅不听，还非常生我气，说我败坏她儿子的名誉……"

当年的雷鸣多么孤单啊！此刻我想走过去拥抱她，却羞于这么做。我们这代人没有学会面对面表达感情。我感到愧疚的是，与雷鸣做了半生朋友，却对她成年后的可怕遭遇一无所知。

"我跟我前夫提出离婚，他说，如果离婚他会抱着我儿子跳楼同归于尽。我知道我妈有个老朋友住在英国，我跟我妈说，如果不把我弄出国，让我离开这个男人，我就自杀。我妈害怕出事，不得不向她朋友开口，请她为我做担保，并帮我申请英国语言学校读英文。在办理留学期间，我妈在肺科医院找了认识的医生，开了个有肺病的假证明，因为肺病是要传染的，他不得不带着我儿子住去他的家。我就待在自己家。我有假证明也不用去单位上班了，躲在家里学英语。

"等英国事情办妥，我便拿了医生诊断我痊愈的假诊断书到婆家，想去把孩子抱回来。但我那个婆婆好像有直觉，她说，我身体还需要养一阵，她已经请了保姆，孩子就放在她家，她们帮我带。我假装很高兴地同意了，心里已经有了对策。婆婆还没有退休，公公早已去世，这个家平时白天只有保姆一个人。有一天，我去她家，告诉保姆要带儿子去附近公园玩玩，保姆挺高兴，她正可以喘口气休息一下。那天我弟弟在附近带着我们的行李等着我，我抱着儿子和他一起直接去了新客站，坐硬卧火车去广州住到亲戚家。

"他们家人到我娘家找我，我妈说，她没有见我很久了，连我生病她都不知道。他家人也相信了,因为之前我抱怨过我妈是个不管家的人。我母亲又倒打一耙,说把女儿嫁去你们家,你们要负责找她回来,并暗示说,她已经知道我在我丈夫那里受到暴力侵犯,说我可能逃走了。当时,他们不会想到我会去国外,认为我过一阵儿会回去。事实上,在我病假期间,我那个前夫在外面有女人了。"

我眼里的雷鸣总是兴致勃勃、没心没肺的,谁会相信她经历的这一切?

"你不让儿子去见他父亲是出于恐惧?"

"比这要复杂。儿子两岁前离开中国,我告诉他,他的爸爸生病去世。我给儿子编造了一个父亲,跟他亲生父亲不一样的 dad……"

"你为儿子虚构了另外一个父亲?"

"我不会虚构,我按照我爸爸的样子给他描画,我爸爸斯文,心又软,他最疼小孩了……"

雷鸣突然哽咽了。我又一次震惊,这么多年过去,她仍在思念她的父亲。

"我没有退路了。"雷鸣深深地吸了一口气,"不可能再把儿子带去他家了。我来英国后,我妈妈把家里的房子和别人家换了,她也很怕那个男人来纠缠。"

"你和他恋爱时,没有发现他有问题?"我又立刻自答,"是的,那时候太年轻了,怎么会有那方面的经验?再说,也没有人教过我们任何性知识,我们这代人是'性盲'!"

"跟我认识时,他是有老婆的,我完全不知道。和他结婚以后,才偶然发现他的离婚证。他却怪罪我,说是我的出现才导致他离婚。我猜事实上,是他老婆早就想离而离不掉,因为有我,他前妻才被放生。他第一段婚姻暴露后,我和他家人有了隔膜。因为我和他恋爱时,他们帮他瞒住他已婚的情况。不过,这可能也是人之常情,不利的真相不便暴露。我不能原谅他母亲,是因为后来发生的事……所以,我没有办法跟他家人有任何联系。"

我点点头,我当然支持雷鸣。我不晓得是否还有更妥当的解决方式,假如考虑到小平的心情。但以我狭隘的认知,我不认为有什么两全之计。人生就是有这么多的遗憾。

"我告诉过冰子我离婚的原因,但我没有告诉她这中间的过程,包括我如何欺骗他和他家人,逃来英国。"

"告诉冰子又怎么样呢?"我不解。

"她会说这是绑架。在西方,我用这种方式带走我儿子,是属于绑架。所以,戴维并不清楚我是怎么离的婚,怎么带走了儿子,他以为是我丈夫抛弃了我们母子。当年,我前夫对我犯法,然后我对他犯法,到现在,已经骑虎难下。"

雷鸣这番话令我吃惊,她并不糊涂也不粗枝大叶,她只是看起来大大咧咧,不那么靠谱。此时的雷鸣已经平静,说话更加理性,那是一个我比较陌生的雷鸣。

"我对小平是有愧疚的,她喂养我儿子,所以特别喜欢猫咪。我以前想到小平,会流眼泪,她是个心很软人很善良的女人,我知道我对不起她。时间太久了,我不再想她了,我必须学会忘记，忘记前夫对我做的事，也忘记他的家人，这样我才能像个正常人。"

雷鸣的"正常人"一说令我一惊。

"或者有一天，我儿子更加成熟以后，我会告诉他，在他成家之后。但我害怕他会因此受到打击。他不缺少父爱，我的英国丈夫对他的照顾远远胜过他亲生父亲，重要的是抚养他的这位父亲才是他真正的爸爸，血缘上的关系并不重要，因为我前夫那时根本就不想要孩子，孩子出生后也从来没有为他换过尿布。"

"我想也是。"我立刻回应雷鸣，"以西方人刻板的道德观认为，孩子应该知道真相，但有些真相知道了，只会增加心理阴影，没有任何其他作用。虽然我当时很同情小平，不过，跟你的遭遇相比，我是完全站在你这边的。"

"谢谢你！"

雷鸣的眼睛又红了。我终于没忍住，走过去拥抱她，我被自己的行为触动：这是我人生第一次拥抱雷鸣，表达我的同情和悲伤，当年她父亲去世，我只是远远地看着她站在滑梯上眼睛红了，年幼的我束手无策，不知如何表达心里的感受。

十九

雷鸣的弟弟临时起意也想一起来，他们将坐下午的飞机，近傍晚到达因弗内斯机场。

下午时间充裕,雷鸣打算先带我们看景点,然后送我们回公寓,再去接丈夫和弟弟。

车里有些沉寂,雷鸣似乎还没有从先前的情绪里摆脱,而她很少情绪低落。

"你们刚才吵嘴了?"冰子坐在后座,探头看雷鸣表情。

"我不吵嘴,一是吵不过你们,二是我通常都是退让的一方。"

雷鸣的回答让我不由得回头瞥了冰子一眼,她耸耸肩表示意外。我意识到,我们两人都有点轻看雷鸣,把她的"神神叨叨"当作她的幼稚。难道她不是在为自己寻找精神上的出路吗?我此刻才意识到。

是的,雷鸣远不是我以为的那么简单,她逃离丈夫的过程,甚至是颇有计谋的。不过,遇到她那样的险境,再幼稚再简单的人,也会为了保护自己而策划逃离。

"冰子我问你,生物学上的父亲重要,还是养育却没有血缘关系的父亲重要?"

"当然是养育更重要。所谓血缘,不过是一次性交的结果,一次失误的后果。"

"我没有让我的儿子见他的父亲,我告诉他亲生父亲死了。他父亲给我留下的阴影太深了,我希望他从我的人生中永远消失。"

"那就让他'死'吧,这种父亲不见也罢。"

"谢谢你!"

对于雷鸣,冰子的认同好像更重要。显然,我所转告的"小平的思念"让雷鸣有了压力。她现在内心在挣扎,但以她的个性,却也不会改变已成定局的现状。我有点后悔给雷鸣带去压力。要是我预先知道她遭遇的这一切,和小平的相遇有必要告诉她吗?也许轮到我在心里纠结了。

"原来,你们刚才在谈论这个话题?"

"有些事我也是刚刚知道,只能说,我佩服雷鸣面对生活还能保持乐观态度……"

我戛然而止,因为我的肩膀被在后座的冰子捏了一下。又有什么我不知道的禁忌?

"多亏我出来了,在这里接受心理治疗。"雷鸣倒是爽快接我的话,"我很感激戴维,是他带我去看心理医生。要是不去看病,我大概……"雷鸣打了一记格愣,停顿片刻,然后道,"和戴维结婚之前,我对性生活有恐惧,但我又很需要戴维在我身边。那段时间,除了心理咨询,戴维帮了我很多。我们同居时,他花了半年时间帮我克服障碍,就像煲汤的电锅,低温慢炖……"

说到这个比喻时,雷鸣笑了。她的笑瞬间升温车内空气。

"结果是,你们这对夫妻至今还有床笫之欢。"冰子一声叹息,"而我们却要在婚外找性爱。"

"我们?你确定我跟你是一个路子?"我故意怼冰子。

"这是泛指,你可以不加入'我们'。"冰子嘴快地反驳我,语气又变诚恳,"其实,我的离婚,责任在我,我让我老公戴了绿帽子,我和儿子同学的爸爸通奸了。"

"别用'通奸'这种词。"我反感道。

"我也很不喜欢'婚外恋''婚外情'这种词。"冰子说。

"那就用 affair 吧。"雷鸣又要打圆场了。

我此时对雷鸣有很多歉疚,那么多次我对她不以为然的态度,她到底是怎么想我的?

"affair、cheating,whatever,总之,女人搞外遇,触到男人底线了。"

"男人不忠诚,也一样触到女人底线。"我又开始反驳冰子。

"我发现很多妻子是可以原谅丈夫的。"冰子认为。

"我在结婚前,睡了至少一打男人。"莫名地说出这句话,令我自己都吃了一惊。

"难道这部车子成了我们的忏悔室吗?"冰子问。

"不是忏悔,是陈述前史,毕竟我们在各自的路上走得太远。今天雷鸣的故事让我不说点儿自己的秘密,有点对不起她对我的信任……"

"那……你也算做过'女流氓'了!"

冰子的话让雷鸣哈哈大笑。

"这不是我的初衷,我年轻时希望成为淑女,"我半真半假,"心里是以你冰子为楷模。"听起来像讽刺。

车里一阵尴尬的寂静。

好像为了打破静默,雷鸣的车子停在一条斜坡上。

"光顾着讲话,差点错过美景。"她打开车门,我们跟随她从车里下来。

"别忘了拿相机。"雷鸣喊道,人已经爬上坡地。

天上下着毛毛雨。不远处的混凝土高架桥,立在辽阔的绿黄相间的山野间,烟雨迷蒙中,像幻影。

我和冰子惊叹连连。

"这便是通往魔法学校的格兰芬南高架桥……"雷鸣做着介绍,"在《哈利·波特与密室》中,没赶上车的哈利和罗恩开着飞车在这里差点被撞上……"

眼前景色摄人心魄的美和力量,令人怔忡。我们手里拿着数码相机,却忘了拍照。

雷鸣快步前行,用她活泼的步态,爬到更高处,转身朝我们招手:"来吧,这个角度可以看到整座高架桥的弧线。"

毛毛雨停了。山野和站立其中的格兰芬南高架桥,在阴天的晦暗中,沉郁而神秘。

"别发呆了,拍些照片吧,带回家给你们的小孩看。"雷鸣关照的口吻。

我刚举起相机,便听到火车声,高架桥上火车开来,且是蒸汽火车。我按快门时,因为激动手都抖了。

"我不会相信,居然能在这个季节看到蒸汽火车!"雷鸣惊呼,"一般是五月到十月才有蒸汽火车,而且每天一班。想坐蒸汽火车的'哈迷'们必须预订。"

火车已远,留下蒸汽像云团在桥上浮动,阳光从天空的一丝缝里如金属片儿劈向桥梁，那一瞬间以为把桥给劈裂。即刻天空又成整块钢片，纹丝不动，眼前的桥和山野重归静寂，就像电影中的突然停格。

雷鸣带我们在山坡上走了一段路，走到可以看到希尔湖的角度。希尔湖也在阴雨中，湖水波纹映着天光，空灵缥缈，湖岸曲折蜿蜒。

"这是《哈利·波特》电影中黑湖的取景地。"雷鸣领着我们朝坡下走，"这里可是魔法和现实的交界处。"

当我们来到湖边，阳光又出来了，将湖水切成明暗两半，却稍纵即逝。湖面在光线的变幻下，忽远忽近。有那么一刻，我们好像被引入湖的中央，身体在漂浮中。

极度安静中，我能听见自己心脏的跳动声。

离开希尔湖之后，我才发现自己没有摄下湖景。雷鸣刚才盯着我们拍照，现在却又说，不用遗憾，这里特殊的气氛照片无法拍摄下来，眼睛才是最好的相机，它会挑选最值得留下的画面，一直印在你的脑子里。

这天，冰子的相机没有留下任何一张照片。

"这气势没有办法拍进照片。"冰子叹息说，"得让我前夫带着儿子们来一次，让他们用自己的眼睛去感受。是他带他们看的《哈利·波特》电影。我现在很遗憾没有看过《哈利·波特》电影。"

"不用遗憾，我看过电影，带我儿子和侄子一起去看，我没法像孩子们那么着迷。"我告诉冰子，不得不打破刚才由我导致的仍然有些僵硬的气氛,"我们这种年龄,怎么可能成为'哈迷'?"

"我是'哈迷'!"雷鸣举起手臂,只有她还保留学生时的动作,"'哈迷'不分年龄。"

"你不一样,你是另类少女!"我笑瞪她一眼。

冰子哈哈哈地笑,不那么自然,但她也在尽力消弭我们之间的隔阂。

她的笑带动了雷鸣的笑。雷鸣是那么积极地寻找各种机会让自己哈哈大笑。第一次,她的笑,让我有心酸的感觉。

"说真的,我怀疑是格兰芬南高架桥和希尔湖的梦幻感给了罗琳灵感。"

我的话让雷鸣高兴又得意。

"我就说嘛,《哈利·波特》一定有真实的影子。"

"雷鸣,你的真实和我的真实不在一个空间。"

我的纠正却让雷鸣和冰子一起点头。

你看,人和人的理解误差这么大,竟然还能求同存异。我的理智告诉自己,不要再让已经消失的"过去"磨损"现在",可我身体里有另一股力不受理智控制,具有破坏性,不时破坏一下眼看已经弥合的那道裂缝。

回去的路上,冰子以她少见的不自信的态度轻声发问:"你们确信看到的是蒸汽火车吗?"

"怎么了?"雷鸣和我异口同声发问。

"我看到的是普通的火车,没有蒸汽……"

"一团团蒸汽,就像云落在火车顶上……"

我向她形容,但冰子坚称没有看到蒸汽,她看到的就是一列普通的火车。

二十

六七年未见,戴维已成光头男,他比前些年消瘦,不是因为锻炼,是遗传性糖尿病的缘故。

雷霆则成了有六块腹肌的壮汉,剃着平头,眉毛更显浓黑。

"你都可以去黑帮片当亚裔打手了。"

我对他开着玩笑,掩盖中年相遇的尴尬。突然恢复记忆,我和他并非毫无瓜葛。他刚进大学那年,对我有过表白。他比雷鸣小四岁,在当年我自己才二十出头的年纪,觉得四年的差异仿佛十年。雷霆那时瘦弱青涩,妈宝男的奶里奶气。我刚经历了"被分手",身上都是负面情绪。再说,他这种小毛孩,敢来表白也太轻看了我。因此把他当作不良少年,教训了他一番。

这段情节我没有告诉雷鸣。由于雷鸣母亲不太管家事,成年后的雷鸣在家承担起长姐的责任。她自己疯疯癫癫的,各种不靠谱,对雷霆管教却很严厉,骂他是家常便饭,弄得不好,还会揍他。

今天见到雷霆,按照西式礼节我们拥抱时,他在我耳边的问候有点暧昧,我得再找机会教训他。

当天的晚餐,冰子执意请客去意大利餐馆。她本来就要请我,又是第一次见到雷鸣的丈夫,连雷霆她都是初遇——我们三人虽在同一所小学,但冰子住在另一条街,她课余时间都扑在课业上,加上她出身高级专家家庭的优越感,从不与班里同学串门。

这是四人晚餐。雷鸣要去白楼厨房,说她的职务相当于事务长,厨房的食物和收支账目每天都要过问,负责厨房的艾米的情绪更要关心。

又是艾米!

虽然冰子有些不爽,但为了晚餐气氛好,她还是掩饰住了,专心和戴维social。看起来,也只有冰子可以和戴维聊得深。

雷霆虽然在英国读过研究生,但他常住北京,英语实在不怎么样。也因此,在餐桌上,我们分成两两对聊,冰子和戴维用英语聊,我和雷霆讲起家乡方言。

"我现在才知道,当初,雷鸣抱着孩子逃去英国,是从婆家把孩子抱出来,和你在街上碰头,然后一起去新客站坐硬卧火车,简直像电影。"

雷霆有些意外,没有立刻答我,他停顿十几秒,好像在努力回忆。

"这么重要的事情都会忘记吗？"

"应该不是逃走，是正大光明走。她那时已经办好离婚，把孩子带去英国，前夫是同意的。这男人外面有女人了，不在乎雷鸣把孩子带走，带走孩子不是更方便他？"

"好像不是这么简单，否则雷鸣不会让孩子跟他家完全隔绝。"

"离婚时闹得不愉快，因为是男人先有外遇，加上他母亲很喜欢那个'外遇'，两人办离婚期间，已经让那'外遇'住去他家，雷鸣非常气愤，所以才和他家一刀两断。"

"那个男人对她家暴，不是吗？"

"吵架时有过家暴。雷鸣也有问题，她二十岁就结婚了，之前没有性教育，婚后拒绝性生活……"

"是你那位前姐夫的说法吧？"

"好像是，两人各有说法，反正作为夫妻，这方面特别不和谐……"

故事版本不同，从雷霆嘴里，轻描淡写得多。我意外却又不意外。是雷鸣不愿把真相告诉家人？或者，她向我夸大了前夫的"暴行"，为了辩解她与前夫家的一刀两断？奇怪的是，雷霆说雷鸣是正大光明带走孩子，为什么雷鸣说是抱着孩子逃去英国？并且还说自己这行为，以西方法律角度，是"绑架"？

想起英国作家巴恩斯的一部小说，主题就是记忆的不可靠，全书描写一件往事在每个人记忆中的迥异。

"当年，你对我表白过，是吗？"为了检验我自己的记忆，我顺口问雷霆。

"当时我姐说你风流，我还是处男身，是出于好奇。"雷霆先是露出年少时的腼腆，立刻又笑得暧昧，"你以为我还那么老实？"

"你都像个黑帮了，怎么会老实？"我冷冷怼回去，讨厌他突然油滑的嘴脸。

岁月让人今非昔比——当年的愣头青成了油腻商人。雷霆这些年混迹国内生意圈，怎么可能不受那个圈子影响？我后悔自己的发问，真是脑子发昏，给他说轻浮话的机会。

"你比我姐时髦会保养，看见你就有感觉了。"

"你这是对我 flirting？小心我告诉雷鸣。"

"是你先对我 flirting，提起当年表白的事。"

"对不起，因为我怀疑自己记忆出现差错，比如雷鸣的故事，我听到的和你说的不太一样。"

"噢，你听到什么了？"雷霆重又变回雷鸣弟弟的身份，神情是关切的。

"这不重要，都是过去的事。"我突然意识到，雷鸣被前夫性暴力，并不一定想让自己弟弟知道。我复又变回对付雷霆的"老吃老做"腔调："我比较在意自己是否早老型痴呆。"

这句话逗得雷霆哈哈大笑，刚才令我生出厌恶的暧昧气氛也烟消云散。好吧，我有精神洁癖，可以和男人一夜情，但讨厌 flirting。

餐馆在镇中心，离开石头公寓步行十几分钟的路程，所以我们步行来去。

从餐馆回石头公寓路上,冰子说:"我看你和这位弟弟很热络,听到他在夸你时髦、保养好。"

我和雷霆在餐桌上嘀嘀咕咕那些话,居然,只言片语飘进了冰子耳朵?我便笑了,学冰子自嘲地耸耸肩。

她又道:"要我说啊,你和印度人上床还不如跟这位肌肉男。"

"你说什么?什么印度人?"

我太吃惊了,是吃惊冰子居然知道昨晚我和拉吉万的往来。

"别装了!"冰子得意一笑,"昨天晚上,那位印度诗人离开你房间时我看到了。"

"深更半夜你怎么会从房间出来?"反问的瞬间,我突然明白,"你不会是去三楼,去邓老师房间了?"

冰子一愣,这个推理她未料到,但她马上反唇相讥:"你太狡猾了,别转移话题,半夜三更他去你房间会有什么好事?"

"半夜三更也未必有好事发生,我说过我是种族主义者,我嫌印度人太黑……"

"歧视不值得炫耀。"

"我没炫耀,说了实话,当然我也可以骗你,用其他理由。"

"你仍然没有说他为何去你房间,他居然还穿着睡袍。"

"不是听到客厅有派对声嘛,所以我出来,见二楼没人又去三楼,当然一路打开所有的灯,印度人从天窗看到客厅灯亮,他说他刚从客厅的公共浴室洗完澡,以为是他忘了关灯。"因为心虚,我的解释有点啰嗦,"我们聊了一下奇怪的喧闹声,我当时很紧张,他便把我送回房间。"

戴维和雷霆走得很快,他们急着回去看电视转播的球赛,却又要顾及我们走夜路,不时停下来等我们。

"这里治安好得很,你们管你们走,我们还要散步。"我向雷霆喊话。

"你跟雷鸣弟弟关系好像不浅?"

"那时经常去雷鸣家,他还是小男孩很单纯,常常逗他。现在经常混在国内,变油腻了,要我选择,宁愿跟印度男上床也不会跟他。不过,为什么把我想成性饥渴?我不是性冷淡吗?"

"这里与世隔绝,会突然变饥渴。"

我得承认我很吃惊,为我和冰子可以直言"性"话题,她才是有洁癖的处女座。也许,这正是"与世隔绝"带来的失控?

"对了,你还没有回答我的问题,你和那位邓老师到底做了没有?"

"就是因为没有才哭了一场。"

"不是因为和前夫吵架?"

"跟他有什么吵的,孩子都判给他了。"

"不做就不做，值得哭吗？"

"不是为这件事哭，是心里郁闷。这些年来的各种不快乐，每隔一段时间，都要让自己借各种由头哭一场。"

"Do me a favour，你应该告诉邓老师，do me a sex favour！跟我睡是帮我忙！"

冰子先一愣，回味过来后便笑了，哈哈哈地笑个不停。

"嗯嗯，do me a sex favour，这个好，哪里学来的？"

"美剧，一个事业型女人，丈夫跑了，工作压力大，她求男同事，do me a sex favour，要他帮忙和她睡一觉，帮她减压。"

"我哪敢这么直接？"

"是啊，他要是这方面心有余而力不足也是尴尬的。"我难以克制地要贬低一下被冰子向往的邓老师。

"人家是信奉某种信仰，去欲望的人生。"

"去欲望，不就是去人性吗？"

我没好气。这个冷冰冰的男人曾与我同坐飞机却不承认，令我郁闷，并且成了我这次旅行苏格兰的难解之谜。而这几天难见他踪影，却又让我莫名失落。

冰子叹了一口气，摇摇头。

"曾经崩溃？"沉默片刻，我问道。似乎作为老友有责任触及一下这类敏感话题。

"也没有到崩溃，情绪低落，服药后好很多。"冰子的回答却轻描淡写，摆明不想多聊，令我不悦。

"雷鸣说你曾经严重忧郁……"我又阴暗了，偏要去揭她的伤疤，却没有勇气说出"自杀"两个字。

"是讲她自己吧？她有一度很崩溃。"

我觉得冰子故意把话题转到雷鸣那边。

"雷鸣告诉我，是你有严重的心理危机。"

"我还未到这个地步，当然是她。"

"你说雷鸣要崩溃，她这么一个总是情绪高昂的人？"

"这种人最危险，表面上开开心心，这像他们自救的机关，一旦失灵，就完了。"

我很震惊。这应该是真的，冰子不会无中生有。显然，她俩走得这么近，是同病相怜的病友！

我渴望和冰子聊聊雷鸣。

"有件事雷鸣不想告诉你，怕你judge她，我答应她不跟你说，但是刚才从雷霆那里听到不一样的说法，又不可能去雷鸣那里求证，我憋在心里难受……"

我把刚才和雷霆的对话向冰子复述了一遍。

"当然是雷鸣的话更接近真实。"冰子回答得毫不迟疑，"这种事情很难向家里人说。抱着孩子逃去英国很像她做的事，弟弟把她说成光明正大走，是家里人的说辞罢了。雷鸣虽然经常说话夸张，但通常是为了推销什么东西，她自己的这些经历，一定是真的。子宫颈糜烂这种病症，雷鸣没有经历过怎么会知道呢？况且国内医院妇科医生的诊断书，她曾经传真给我看过，我当时非常气愤，要求她报警……"

"她倒是提到过，说在国内报警会被看成笑话。可悲的是，当时连她母亲都不愿意知道真相。"

"她母亲那一代也很无知啊！"

"她丈夫强暴她这事，我是今天才从雷鸣这里知道一些细节，很难相信啊！不是不相信，是无法接受。其实，很多年前我在《福尔赛世家》这本古典小说读到过，其他情节都忘了，只记得丈夫强奸妻子那段，那一段，书里虽是略写，却仍然给我很深的印象……我是说，雷鸣人生里经历了普通人不会经历的两个悲剧，还让我们这些老朋友以为她阳光、乐观、没心没肺，我要重新认识她呢！"

"一直以为你们的关系更近。"

"你和她恢复联系还是通过我呢！"我有点失落，"你说诊断书传真给你看，是当年吗？"

"是当年……"

"我和她同在上海，却完全不知。"

"她肯定有顾虑，连自己母亲都不愿相信，她也担心你的反应！毕竟那时的国内社会还很封闭。我是学医的，又在美国。"

"所以雷鸣绝对不是她表面上大大咧咧、不靠谱，有些事情她是有脑子的。尽管她误解我，以为当年的我不会相信她说的话，但当年，我也没有把我所有的事都告诉她。"

"不一定是误解你，年轻时，脸皮比较嫩，她觉得羞耻，很难说出口。再说，那时的你还没有结婚。"

我呵呵了两声，无法控制地讥笑，好在天黑。但冰子已经感受到了，一时我俩之间冷场。

"有件事，我不太理解。"我犹疑片刻，还是说了，"雷鸣为什么把她要自杀的事套在你身上……"

"什么时候说的？"冰子意外，但也没有太意外。

"她接我来这里的路上。"没等冰子回答，我又道，"我懂了，当时我表达对你不满，因为你和我断了联系，她便说你得了忧郁症，曾经试图自杀……"

"我是说过'自杀'，当然是夸张了自己的不开心，她怎么不说她自己是真的自杀过？"

雷鸣有过自杀行为？说要自杀，和真的实施自杀行为，到底不同。我很震惊，竟有点透不过气来。

我很难接受雷鸣的病情比冰子严重。她给我的阳光感那么强烈，我甚至不耐烦她的乐观姿态，将之视为浅薄、幼稚。看起来个性透明、直率的雷鸣，从未在我面前流露丝毫厌世的痕迹，作为她的铁杆老友，我竟然不知她有过这么绝望的时候！我悲伤又空虚。

夜风像冰水把从餐馆带出来的那点热能冻在身体的每一个关节连接处。我第一次感受到，冷也会带来疼痛。冬天结束前才会有更加寒冷的错觉。在这个冻骨的夜晚，我们竟在街头谈论一个悲伤的话题。

我不由得加快脚步，冰子默默地跟上我的节奏。

"也许，潜意识里她不愿意承认她曾经有过这个行为。"走在我身边的冰子在解释。

"我此时更明白她一点,讲你还不是为了讲她自己?每个人都有不堪暴露的阴暗面……"

冰子没有回应我的话,沉默得古怪。她对我还有保留?

"跟她这位英国丈夫聊得怎么样?"我打破突然压抑的静默,重开话题。

"很单纯的一个人,讲到雷鸣时,说了一句笑话,说她每每已经换了第二份工作,他才刚刚知道她的第一份工作。显然,他很欣赏也很需要雷鸣的阳光个性,在伦敦这种气候下生活。"

"雷鸣也愿意给他这种感觉,应该是努力给他这种感觉。她说从未告诉戴维,她父亲自杀的那段经历。"

"为什么?"

"说不想让丈夫可怜她。"

"我觉得她丈夫是知道的,谈话里露出这个意思,说她个性活泼带着孩子气,却是个坚强的女性,小小年纪就经历了很多。"

"那么是雷霆把过去的事告诉戴维?戴维还得假装不知道那些事?"

"正是因为知道才会包容她呀!他是天主教徒,所以,其中不仅有丈夫的爱怜,也有教徒的爱心。"

"雷鸣要在丈夫面前一直扮演阳光女生吗?"

我们已经来到石头公寓门口,我的问话没有得到回答。冰子苦笑,于是我也莫名地笑了。同时,我的眼睛湿了,热乎乎的眼睑,在眼睑变冷之前,我们推门进到有暖气的室内。

二十一

我仍在时差中，简直是昏迷般地进入深度睡眠，醒来已是早晨六点。

天亮了。拧开百叶窗，天空有几缕霞光，太阳已经升入空中，将它的光照铺满天空，天空的蓝似被光亮洗白。

这是我来到苏格兰七天后的第一个晴天。

我刷牙洗脸，穿上运动鞋，抓紧时间去跑步。美国的几个月都在白雪皑皑中，因此我也已经好几个月没有跑到户外呼吸早晨的新鲜空气。

我以石头公寓为核心，在它周围慢跑。我看到了那片树林，距离石头公寓三四百米，在白楼侧面。白楼另一侧面连着车道兼走道。看起来两边都可以走，但林子里的小路弯曲蜿蜒，完全没有必要走那条路。我朝树林跑去，距离林子十几米，我就没有再靠近。那林子并不是我印象中参天大树遮天蔽日。树枝在冬天掉尽叶子，仿佛干涸枯萎，成了枯枝。茂密凌乱的枯枝，呈现死气沉沉的淡褐色。很难想象春天会让这片林子变成翠绿。松鼠在树枝间跳跃，就像一只只小球被抛掷，腾空滚动，完全不受横七竖八的枝蔓牵扯，虽然它们不会飞，也一样能获得最大限度的自由。鸟鸣传来，婉转清脆，而不是鸟鸦的粗嘎凄厉声。我怕触碰各种动物，无论猫狗还是小鸟小鸡，当然也包括松鼠，更毋庸说各种昆虫。

我转身快跑离开，开始怀疑当时的我是否进入林子。如果当时在做梦，又如何行走那么多路？如何找到石头公寓？

我很清楚不是在梦里。我回忆遇到保安的情景，只记得保安制服的样子，却怎么也想不起来保安的脸。行走树林好像已经很遥远，好像是某一年的旅行记忆。

我觉得心脏有虚弱感，我停下跑步开始慢走。来到F镇以后，每当我想捋清似真非真的情景时，心脏就会不舒服。我把手指按在手腕上给自己搭脉，心率有一百多，我慌乱起来，这不是跑步引起的心跳。我已经行走了一段路，但心跳慢不下来，我很怕自己昏倒在外面，后悔没有带上麝香保心丸。

我看到不远处也在跑步的印度诗人拉吉万，我们几乎同时举起手臂向对方招手。看到拉吉万，好像吃了保心丸，我的慌乱感消失了——不用害怕晕倒在某处没人知道——这般神经质的反应，让我觉得自己真的很像神经官能症患者。

走到拉吉万面前，我才发现他的神情有些不自然。他让我感到他对我有歉意，然而，感到歉意的应该是我，不是吗？

"我正想约你喝咖啡呢。"拉吉万发出邀请。

"我每天只喝一杯咖啡，起床以后那杯咖啡。之后不能再喝，会影响睡眠。"我拒绝得干脆，不是找理由，是大实话。

"那么晚上去酒吧？"

他是在约会我吗？我怕这种约会。和一夜情男人约会也太尴尬了吧？最好从此互相消失。虽然我和拉吉万之间，并没有发生什么实质性的事，差点上床而已，但比上了床更尴尬。我把他带到卧房，然后又把他锁在门外，这算什么事呢？

"对不起，那天晚上绝对是遇到了鬼魂，后来雷鸣说了，他们经常听到，已经习惯了。"我想道个歉，但不由自主便把话题转了。

"是的，不相信鬼魂的人才会害怕鬼。"

这种说法是第一次听到，我有小震动。

"你不相信鬼魂？"拉吉万问。

见我点头，他笑了："在这里住久了就会相信。"

"因此你来这里以后开始相信有鬼魂？"我惊问。

"从我记事开始就相信了。"拉吉万回答我，没有半点玩笑意味。

"哦……"我有点接不上话。

"我来这里其实是有采访任务的，我想和你聊聊你对这个地方的感觉……"

"我才来几天。"

"Jan告诉我，你们其实已经去了一些地方，你也接触了这里的人。"

都是浮光掠影。我倒是很想把我的一些奇怪遭遇告诉他，但我嘴里的英语词汇不够。我试图找浅显的词汇进行表达。

"首先，我从来没有遇到鬼魂，所以不相信有鬼魂。不过，到这里以后，发生了一些事让我开始疑惑，比如说那片树林。"

我指着不远处那片树林道,"我刚来那天莫名其妙走进去,见到了蛇,但是Jan说树林经常有人走动,又靠近小镇中心,从未听说有蛇。还有,我从芝加哥飞阿姆斯特丹,再从阿姆斯特丹飞爱丁堡,两部飞机上都和邓布利多并排坐,可是他不承认,他说他是从伦敦转机到因弗内斯……"我旋即向拉吉万强调,"你可不要告诉我,是我认错人了……"

"我不会说你认错人。"拉吉万黑色的印度大眼睛因我的讲述闪出了光,"不过,也不能说他不承认……"

我询问地看着他。

"我也不能一下子解释清楚……"拉吉万欲言又止,是因为某种禁忌,还是考虑到我的英语不够好?

"对了,你要问我什么?"不想让他为难,我转换话题。

"就像你刚才说的,这里有很多神秘的现象,有很多特殊的人,不过,也有一些有邪教倾向的组织。"

我不懂"cult"的意思。不过我随身带着电子翻译笔,可以一边查字典一边和他对话。

"你是指斯老师的东方道教文化学校吗?"

"当然不!"他大摇其头,"我说的那些组织比较隐蔽,你还没有接触到,连Jan都未必知道。我担心,越圣洁,越容易偏执,然后就走向反面……"

我说我能理解,但我没有告诉他,我成长的年代,充满了这样的现象。

"你和斯老师她们讨论过这些问题吗?"

我对斯老师的旧年代形象——她的六七十年代的衣服和辫子——有些不以为然，毕竟那不是个正常年代。

"斯老师很忙，还没有找到机会和她聊。"拉吉万询问地看着我，似乎等着我发出疑问。

"我不了解斯老师，我了解 Jan，她比较追求一种精神化的生活。"

"很多移居到这里的外来居民，和 Jan 一样，寻找他们理想中的生活。"拉吉万的这句话就像出自雷鸣的口。

"我觉得邓布利多比较极端。"我犹豫片刻道，"不过这只是感觉，因为我不了解他。"

"我和他聊过几次。他不属于任何一个组织，应该跟邪教没有关系，只是个人在追求上极端了一些。对不起，我好像不应该在你面前议论别人。我是要采访你，怎么就说出我自己的观点了？"

"有什么关系，朋友之间聊天而已。不要说'采访'，我可不接受采访。我现在说的话，不希望你用在文章里。"我告诫般地强调，"至于邓布利多，我总觉得他是个谜。或者说，他是一个人物，是我以前没有见过的类型而已。还有，Jan 的多宇宙理论我也很难相信。"我想了想，"但是，谁又知道呢，我认定的世界观，可能很狭隘？"

拉吉万对着我直点头。

早晨的光线改变了我对印度诗人的观感，他的黑眼睛黑肤色在晴朗的天空下别有魅力。我夸大了我的所谓"歧视"。十多年前,在东南亚旅途上,我曾邂逅一位华裔和印度裔混血的美国青年杰生,我们有过一夜情。杰生曾经让我难忘,甚至让我以为自己爱上他了。因此我很容易把眼前的拉吉万和那位记忆中的美男子比较。然而,现实中的人永远无法胜过记忆中的形象。我怀疑那天晚上的某个瞬间,我可能把他当作杰生。当他上楼拿保险套时,幻影消失了,欲念也跟着消失?但当时,我的意识里并没有浮现杰生的形象,我是在此刻想起他来。然而,潜意识里的本能有认知,它让我作了选择,虽然当时和过后我自己都觉得不可理解。

我感激拉吉万没有再提那晚的事,也没有再提约会,聊天结束后我们朝相反的方向继续各自跑步。

我跑了几步就停下来,回到漫步节奏。关于杰生的回忆,让我心里涌起伤感。我是在马来西亚金马仑山顶印度人开的旅馆遇到他。那是一间漂亮的英国别墅,只有我和他两位客人,我们共用两间客厅。

是在结婚前夕,我带着《孤独星球》最后一次独自踏上旅途,以这个方式结束我的单身生活。遇到杰生是上天给我的礼物。为了他,我改变旅程,在山上住了三天。至于我,好像做完了一生的性事,我婚后处于性冷淡状态,也和这段经历有关?

我们分手时,说好不再联系。我告诉他,我将去结婚,成家生孩子,过真正的成年人生活。当我说到"成年人生活"时,他笑了,有那么一点忧伤。他说,我明白你的"成年人生活"的意思,那是需要负责任的生活。

这是一段没有瑕疵的关系，短暂而热烈。我们都深知唯其短暂才保住了完美。我们互相说，我会想念你！也真的做到了，彼此不留地址，所谓"挥挥手，不带走一片云"。

我回上海后，便投入准备婚礼的琐碎事务中，换一个背景，人的心绪也会改变。不知为何，我很少去回忆那段往事。当要回想时，便对自己说，下一次吧，好像必须找个让自己有心理准备的时刻——或者说，心情的愉悦度最高的时刻——去回想。然而这一时刻几乎没有到来过。新婚时，我内心还是保住了对丈夫的忠诚。接着就怀孕了，之后的时光完全无法自主，孩子上寄宿学校之前的夜晚，我连电话线都拔了，我倾尽所有帮助另一个生命成长。我不再有回忆，所有的关注点都在当下每一片刻。我像得了失忆症，婚前的日子全都忘了。

现在我想到杰生时，他的容貌都已经变得模糊。他五官立体，眸子深邃，鼻梁高耸，嘴唇丰厚，肤色黝黑，发型是平头，然而，却无法拼成栩栩如生的形象。就像拍照时晃动了相机，他完整的形象因为摇晃而模糊。

这一刻我对他涌起强烈的思念。我好像才突然意识到我人在海外，可以上脸书找他。

凭着一时冲动，我匆忙回房，立刻注册脸书，然而进入脸书犹如进了茫茫人海，我无从找他，网上有无数的"Jason"，我连他的姓都不知。况且，很多人用的是网名。我关闭脸书后，却在电子邮箱收到萧东的邮件。

我并不感到意外。我以为他应该更早就来联系我，以他当时到处找纸，要我留下联系地址的急切。萧东写了两封信，昨天和刚才。太巧了，刚才我在路上思念杰生时，他正在写第二封信。我按照他的写信时间，先看第一封。

我几次提笔都放下，机场匆匆一见，心潮翻滚。每年高中同学会我都参加都没有见到你，想来你不愿出现在同学会。我想你不会原谅我当年突然断了联系，个中原因复杂，现在再来解释已经错过时机。我上个月听冰子说她要去欧洲，她提到苏格兰，我没有放心上。在荷兰机场，你说要转机去爱丁堡，当时未意识到，和你告别坐上自己的航班，才突然想到你们可能去同一个地方。我写邮件问冰子，她没有回复我。我唠叨这些，是因为我希望假如你们真的是在同一个地方相聚，冰子会告诉你，当年我为何与你断了联系。也许，我不该再提往事，但是，没有机会和你说清楚当年那些事，是我此生遗憾。我很担心你会不回我邮件。

"我当然不会回你邮件。"我对着他的邮件自言自语，脸上可能浮着冷笑。太晚了，不是吗？陈年创伤很像是结痂后的疤痕组织，是肉芽组织在创伤愈合过程中逐渐纤维化，不再有痛感，肉眼看去呈现苍白和收缩状态，质地坚韧。

萧东的第二封信，有些沉不住气。

我昨天给你写完邮件，也给冰子发了邮件。但是你们两人都没有回我。我和冰子之间虽然不是经常通邮件，但她总是礼尚往来，再忙也会写几句。我有强烈的直觉，你们住在一个地方,并且聊到过去我和你的关系,我不知冰子是怎么解释的,我担心她没有把全部的事实告诉你。有些事,只有通过她告诉你,才真实可信,我没有资格跟你作任何解释。我这两天心神不宁,又回到当年的感觉,整天是慌慌张张的……

这封信好像没有写完,在他所说的"慌张"中,匆忙发出?我像个事不关己的、看热闹的过路人,看着事态的发展,还有点幸灾乐祸。现在是他不好过了?但他的"不好过"怎能与我当年的"不好过"相比?肉体的创伤直接侵蚀了精神,如果没有怀孕,可能这段失恋的分量会轻得多。成长中谁没有失恋过?失恋是一场病,痊愈后给你带来免疫;但堕胎是致残,从此你的身体有了缺损。

无论如何,时间是良药,"忘记"如同让伤口纤维化,变成坚韧丑陋的疤痕,不再有痛感。萧东为何还要试图揭开伤疤?他就是那么蠢,就像他当年的分手,不声不响离开,没有风度,不给自己留后路。

说实话,我的所谓不在乎,不过是争一时之气罢了。我心里涌起的紧张不安更像是为冰子,我不希望她对我撒谎。萧东所说的"全部事实"是什么?难道我没有得到"全部"?冰子对我撒谎了?

我觉得胃里空得难受,很像肚子饿得慌,可我早晨很少有饥饿感。此时九点半,我不假思索推开雷鸣的套房门。但见戴维在吃早餐，雷鸣正在料理台前忙碌。我尴尬了，我忘记这间套房住着夫妻。

"正说是否要去喊你，怕你顾虑到雷霆睡客厅。"

我进退两难，和戴维打完招呼，问雷鸣，雷霆去哪里了？这时候倒是希望他在。

"移到里面卧房去睡了，他是夜游神，中午才起。"

雷鸣立刻忙着为我切面包倒咖啡。客厅变了，突然有了家庭气氛。餐桌铺上了蓝白相间的格子台布，台布上，摆放了几套白色镶金边的细瓷咖啡杯配瓷碟，以及放食物的白色瓷盘，诸如此类。

雷鸣告知，是戴维带来的台布和餐具，当他知道雷鸣有远道来的客人。

我对雷鸣感叹，一块台布和一套细瓷餐具便显示出生活方式和格调；雷鸣却说她自己是缺少教养的野孩子。这句话又让我心里沉了一沉。

戴维在看报纸，面前放着正在喝的黑咖啡。他胡子剃得干干净净，穿着运动短裤、运动鞋和连帽T恤，一个已在我们脑中标签化的西方中产男人，晨跑后坐在早餐桌边。

我想象不出早餐吃粥和包子而不是面包、从不读英文报纸的雷鸣，如何与戴维一起过日常生活，而且过了十几年。

"冰子不来吃早饭吗？"我问道，急于见她，好像又怕见她。

"她去斯老师的气功教室了，昨晚就通知我不来吃早饭了。"

"你前两天还在说她没有做好学气功的准备。"我有些奇怪。

"她突然说想回一趟美国,走之前体验一下气功教室。"

"太奇怪了,以为她要住一段时间。"

"她说春假可以带孩子们过来。"

"现在距离美国春假才一个多月,路上单程十多小时,来来回回怎么吃得消?她可以请她前夫带孩子们过来,让她前夫住个三五天,先回去。"

"我也这么说了,她说前夫根本走不开。"雷鸣道,"我又建议她把孩子们托付给空姐带过来。她说前夫不会答应,所以她必须飞来飞去。"

"我们的小乌托邦才刚刚建立,说散就散了!"我不由得叹息,心里起了疑问,"我才来几天,她怎么就要走了?"

"你昨天不也在说要考虑买回国机票?"

"我是提了一下回国的事,但还没有确定哪一天,买低价机票要么提早几个月,要么在临走前。从情理上冰子也不应该走在我前面。"

这么说着,心里的疑问愈加肯定,我也更加心神不宁。

此时我和雷鸣已经坐到她客厅的沙发上。雷鸣把我的那份咖啡面包黄油果酱一起端到沙发前的茶几上。她又开始忙她的编织,她就是个手脚不停的人,从未见她有过安静坐着无所事事的时候。

戴维仍然在喝他的咖啡看他的报。语言把我们分隔在两个空间。作为客人,我没有坐在戴维特地铺上台布的餐桌旁用餐,令我对他怀有几分歉意。

"她不会无缘无故提出离开,我有点明白了……"我喝完咖啡,擦去嘴角的面包屑,挤出一抹冷笑。

"你们俩又怎么了?"

"萧东写来两封邮件,第一封邮件说他和冰子一直保持联系,说他猜想既然我和冰子都来到苏格兰,也许在同一个地方,他因此给冰子写邮件询问。"

"他怎么突然关心这件事?"雷鸣的眼珠朝鼻梁靠拢,她的"斗鸡眼"表达了她的受惊程度,"你和冰子在我们苏格兰聚会跟他有什么关系?"

雷鸣的语气表明她对萧东的反应很在意。

"怎么没有关系?太有关系了!萧东想知道,冰子有没有向我解释,当年他为何与我断了联系,所以他写来第二封邮件,说冰子没有回答他,他追问冰子是否告诉我当年的全部事实。"

"事情都过去这么多年,为何还要提起呢?"

雷鸣的"斗鸡眼"瞥了我一眼,见我正凝视她,立刻躲避般地垂下头,继续去钩她的台布。显然她吃惊的是萧东向我提起过去的事,而不是他所指出的"全部事实"。直觉告诉我,雷鸣知道的事比我多。按照她的个性,她是藏不住事的人。不过这次与她重逢,我开始怀疑我对雷鸣是否真的了解。

事实上,我与冰子、萧东的三角关系,雷鸣完全是局外人,她的躲闪,令我更好奇,也有莫名的不安。

"我们不是在荷兰机场才见到?"我问雷鸣。

她若有所思地点点头。

现在变成我很想抒发自己的心情："他想跟我聊往事,这很正常!当时我没有给他时间……"

雷鸣抬起头,我目光里的不悦,令她放下手里的编织物。她并拢双膝,双手放在膝盖上,像在小学的课堂上,因为老师逼迫的目光,不得不做出专心听讲的样子。而我沉浸在自己的倾诉欲中。

"关键是他说以往给冰子信件她都会及时回复,这一次她没有回,萧东又特别着急想知道,也就是他非常 care 我是否已经完全搞清当初他为何与我分手。"

雷鸣不响,沉默得令我奇怪。

"这萧东是在自作多情吧?我对他早就没有感觉了,所以也不想再提当年的事,我也想象不出其中有什么真相无法告诉我,既然冰子已经承认,她是无意中破坏了我们的关系,其实,不是她破坏,是萧东脚踩两条船,是不是?"

雷鸣怔怔地看着我,双眸又开始"斗鸡",好像我说的话令她不解。

二十二

"雷鸣,看起来有些事你知道我倒是不知道……"

我的一声"雷鸣",让她丈夫从报纸上抬起头,他关切地瞥了雷鸣一眼，给了我一个带幽默的微笑。

"她也是昨天才告诉我……"犹豫了半晌后，雷鸣才说了半句，好像在等我接她的话。

我看着她，没有说话。

"有些事她说不出口，不是故意要瞒你……"雷鸣脸涨红了，简直不敢看我，好像她是这一故事的主角。

"她说不出口，你来说……"

"她和萧东有孩子了，两个儿子中的老大，是萧东的。"

血冲上我的脑袋，在眩晕中，我听到雷鸣在说话：

"我也非常吃惊，昨天冰子告诉我的时候，我给了她一巴掌……"

这"一巴掌"倒是挺有镇定作用，换我惊问："你敢打冰子？"

"我谁都敢打，要是愤怒起来。"雷鸣的面孔瞬间凶悍，是我从未认识的雷鸣。

"告诉我怎么回事。"

我已经冷静，雷鸣滔滔不绝。

"萧东去美国时，冰子他们那批留学生遇上美国大赦拿到绿卡。冰子让萧东和她结婚拿绿卡，条件是和李小妹彻底分手。那时没有电子邮箱，是靠邮政信箱，萧东住在冰子租的公寓，他和任何人联系，都无法瞒过冰子。这是冰子自己说的，说她既然嫁给萧东，当然不愿意看到萧东和你藕断丝连。她把他看得很紧，她承认她嫉妒心很强。他们在一起不是一年，是三年。萧东到美国结婚后拿到绿卡没有去读学位，而是打工，因为冰子在读学位，家里必须有个人挣生活费。萧东不想浪费时间，他是在网上读的硕士，拿了部分学分，等冰子毕业后，他去州立大学读了一年，便拿到学位。那时候冰子准备和他生孩子，但萧东却想回国发展。事实上，冰子从结婚开始就发现，她和萧东合不来。萧东各种不适应，而她早来美国几年，早已适应。离婚时，她发现自己怀孕，但她没有告诉萧东。直到萧东回到国内，她才告诉他。两年后，她又结婚，老二是和现在的前夫生的。其实，前夫对老大很不错，争孩子时，他是两个孩子一起争的，他不想让兄弟俩分开来。"

又一暗黑故事。提神得很！我眩晕的脑袋变得清醒。

"我需要消化一下。"我告诉雷鸣。

她还未回过神，我已从沙发上起身，回自己房间。

世间的事就有这么狗血。讽刺，通常是无力的宣泄。

我不是早就不 care 萧东了吗？他跟哪个女人生孩子都很正常。但我内心的愤懑却在汹涌。对萧东？对冰子？对命运？愤懑的对象很模糊。我要压下火气，必须用理性去站在他们各自的立场，理性一来，都是可以原谅的。

萧东来到人生地疏的异国，有个心仪的女生愿意和他成家，还能拿到绿卡，与国内女友断线很容易，原本也没有过许诺，换我也会做这个选择。冰子为了保住婚姻，不让萧东和其他女人有瓜葛，尤其是关系近的朋友，更容易产生嫉妒，换我也会管住身边的男人。

有了孩子还要离婚，可见这婚姻多么痛苦。冰子第二次婚姻都没有保住，和萧东生的孩子被判给了没有血缘关系的第二任前夫，我是否应该同情她？她没法向我坦承，因为太难堪，也许我也不会有勇气面对这样的现状。

我一条条地分析评判，设身处地，让自己平静，我希望自己够冷够酷，不为陈年旧事伤神。我上网买机票，想明天就离开，赶在冰子之前，希望不要再看见她。

现在是我没办法面对她，装作什么都没有发生？保持和颜悦色的微笑？至少不要当面红脸，再说也没有必要红脸。为了一个我们两人都已经不爱的男人，把我们刚刚重建的友情摧毁，值得吗？从小就认识，在竞争吵架包容中一起长大的朋友，除了雷鸣就是她了。

生命走到中途，常有荒芜之感，时间流向虚无，朋友只会越来越少，越新的朋友越容易离开，连接的纽带脆弱，因为精神上无法走近。而我越来越念旧，需要老朋友，需要老朋友带来的存在感，她们身上有你的成长印痕，因为你看不到你自己。

与冰子重逢，让我明白，我需要朋友也需要棋逢对手。我应该珍惜我和她之间重新建立的联系，内心深处她的分量仍然重过雷鸣。

这些只是我理智上的认知，我的情感部分因雷鸣提供的故事而火焰升腾，我无法预估自己有多少自控力。当怒火让胸口发堵时，我会想象雷鸣给冰子一巴掌时的情景。但这个画面很模糊，因为我无法想象冰子挨巴掌的场景，我很怀疑是雷鸣为了让我消气而制造的假故事。即使是假的，只要想到这个场景，我胸口的火便冷却一下，几次冷却后，这火终究是灭了。

网上这两天回国航班已经没有位子，两天后的星期二有位子，价格也好，我便订票了。自我安慰没必要和冰子争谁更早离开，只要和她争，我就成输家。

"怎么刚来就要走呢？你还没有好好玩过景点。"

知道我两天后就要回去，雷鸣急了。我知道，雷鸣需要我的陪伴，虽然她更重视冰子的看法。她和我之间是平视，和冰子之间，是仰视。年幼时养成的习性很难改变，就像她无法忘记年幼时遭遇的变故。父亲在她记忆中永远鲜活。

"我怎么觉得来了很长时间，脑子塞满了新的图像？我对景点没有兴趣。"

"下午我们去尼斯湖和考德城堡，就是你感兴趣的麦克白城堡。那个城堡，雷霆也没有去过。"

可是，雷霆并没有兴趣看城堡，英国有太多城堡，他对莎士比亚的《麦克白》更没有兴趣，他宁可和戴维一起看体育频道，即使是回放的球赛，也能让他们津津乐道。

此时是中午，雷鸣唤我一起午餐。戴维用公共客厅的烤箱做了烤鸡。他和雷霆的午餐便是烤鸡配啤酒。戴维为我和雷鸣做了鸡肉色拉。做色拉的新鲜蔬菜，是戴维特地开车去超市买来，拌色拉的橄榄油和意大利醋是前些天冰子为邓布利多准备的。

这些日子，我没有遇到邓布利多，竟有莫名的失落。他带来的悬念，给予我苏格兰之行微妙的意义和暧昧的快感。我因为他而发现，曾经的人生太清晰，太写实，太充满逻辑。

"邓老师在忙什么呢？为什么看不到他？"我到底没有忍住心里的疑问，开口向雷鸣发问。

"以为你讨厌他，没想到你牵挂他。你得承认，邓老师还是挺有魅力的。"雷鸣得意了。

"不讨厌也不牵挂，毕竟他是你们嘴里的重要人物，我也想从他身上学点什么。"我半真半假，"看起来他把时间都给了冰子。"说出这话时，已经带了醋意，连雷鸣都听出来了，在暗笑吧。

"不会把所有的时间都给冰子。"没想到雷鸣还真当回事答我，"他们两人都有自己的事忙，邓老师在这里有不少朋友，这次来还特别忙，这礼拜的晚上都是跟朋友在外面吃的饭。"

"他看起来不像是社交型的人。"

"他会用茶叶占卜，所以一传十，十传百的。认识的人比我还多。"

"茶叶占卜？"我呵呵笑，"不就是从《哈利·波特》里学来的？那位魔法学校校长，罗琳创造的邓布利多能用茶叶占卜。"

"你还真像'哈迷'，这些细节都记得。"

"这可不是细节，是情节。"

"反正邓老师有这个本事，想要他占卜的人又多，他成了镇上最 popular 的人。"

"没想到西方人也这么迷信。"我鼻子哼哼。

"占卜在西方有传统，跟东方命理一样，都很古老。"雷鸣立刻来了精神，"只是侧重点不同。我们中国的风水论，更偏重外在的空间和时间，讲究物与物之间的调整、相生相克，卧室床的位置啦，大门的朝向啦……西方占卜讲究心灵层面，可以通过个人的冥想、意念和暗示，个人意志的转变而改变运势。茶叶占卜是通过分析你喝茶之后的茶渣，来看你的运势……"

雷鸣的套话完整，如果没有热情，又怎能熟练背诵？

雷鸣好像能听见我心里的嘀咕，她笑了："这些知识不属于我，都是从邓老师那里批发来的。他现在更想学东方命理，希望东西占卜两大武器都在手……"

"他给你和冰子都占卜了？"

"他不轻易给人占卜。我自己这方面有点迷信，我不愿意给人占卜。我不知道冰子是否让他占过。让邓老师占卜，相当于把你人生中的隐私都暴露给他了。再说，未来运势，我希望不要知道，否则，我可能就放弃了。"

"'放弃'？你的'放弃'是指……"

"放弃努力啊！"

"努力想得到什么……"

"不是'想得到'，是'不想失去'，儿子目前有出息，戴维目前是好丈夫……"

雷鸣说着，用手在戴维光头上摩挲了几下。这位英国模范丈夫刚刚在门外大客厅忙完午餐，回到小套间餐桌坐定下来。

"既然'不想失去'，为什么要搞两地分居？"未料到正在边吃午餐边看手机的雷霆插话，问了我想问的话。

"哪里分居了？每两三星期就见面，而且戴维马上要搬过来了。"

我未来得及附和雷霆，雷鸣反驳在先。

"首先你就不应该让他搬来搬去，他喜欢安定，不喜欢搬迁。"

"现在的搬迁是为了将来的安定。2012年说来就来。"

"你连玛雅预言都信，'预言'不是科学预言的那个'预言'。"

戴维朝他俩看看，幽默地朝我转了一下眼珠。

"他们经常争论，不过仍然是好姐弟，有事会互相帮忙。"他说。

"是的，家人才会经常争论。"我答道。

"你的头脑里都是生意经，你没有想象力。"雷鸣反驳雷霆，转向我，"你走之前，我要带你去看看我看中的一套旧房子，就在我们小镇和尼斯湖之间，很便宜……"

"你又要去弄一套便宜的老房子折磨你老公了。"雷霆生气了。"你知道吗？"他也转向我，"几年前她号称做房地产，买了一栋古堡，其实是个只有外墙的废墟，门外的花园野草有一人高。你没看到戴维多辛苦，下班回来砍野草，赤了个大膊，身上都是小虫咬的红斑……"

我依稀记得雷鸣跟我"炫耀"过，描绘的是冬天的古堡。

"圣诞夜是在古堡过的，四面八方都漏风，我点起篝火，开了录音机,让戴维和儿子跟着我在篝火边跳舞,外面狂风咆哮,我们跳舞的影子在古堡墙上晃动……"

这些话是写在一张明信片上,画面感强烈。雷鸣说她买了古堡,在我听来像天方夜谭。那会儿,国内还没有商品房,我和父母挤在摆满家具的笼子一样的小房子里。古堡里的篝火,跟着录音机里的音乐跳舞,浪漫得不真实,却符合当年我们在国内对彼岸的想象。

当时雷鸣的信都是写在明信片上,每张明信片都印有漂亮的风景,是西方经典油画风景,她的明信片从来只有欢乐,在英国最初几年的艰辛被她过滤了。她报喜不报忧,隐瞒了她人生里最黑暗的片刻——驱使她做出普通人连想都不愿想的自杀行为。

"我们花了三年时间整修古堡,再卖出去,挣了钱才有可能买伦敦的房子。你是生意人,钱来得容易。"

这是雷鸣对雷霆的辩解。

雷霆瞥了我几眼,似乎希望从我这儿得到支持,他应该知道他们的母亲已经把劝解雷鸣的任务托付给我了。我将怎么向程之华解释,来到这里之后,对雷鸣有了更多的了解,我已经不再有说服雷鸣回伦敦的自信?

雷霆把意见表达完了,在我这儿也没有得到回应,就不再理我们,气哼哼地和他姐夫一起坐到门外大客厅看电视去了。

我们出发去尼斯湖之前,天突然变脸。阳光在我们午餐时就消失了,此时开始下雨,而且是大雨。

"给了我们留在家的理由,我正好可以把这条围巾织完。"

我从编织物篮子里拿起我织到一半的围巾,坐到套间的双人沙发上。即使不下雨,这个下午我也宁愿坐在这里织围巾。

"你不用遗憾,所有的著名景点都会让我失望,来到这里以后,有好几个地方让我难忘,这趟旅行很值得。"

我安慰雷鸣,这是真话。雷鸣有些心神不宁,虽然她与我并排坐在沙发上,开始她的编织。整个下午坐在房间做编织不是她的生活方式。她告诉过我,只愿意用零碎时间做这件事,她无法长久地坐在一个地方只做一件事,她需要不停地走动。我没有问她为何不喜欢在一个地方安静太久。我下意识地避开这类让话题坠入深渊的可能。我想象她的不断移动,是一种能让她安静的方式。

我因此联想,她相信的事情是她愿意相信的,比如玛雅预言。全球性的灾难,人人面临同一困境,将淹没个人性悲伤。你也因此找到为之紧张的理由,再也不会被无法消除的记忆吞噬。

"我很后悔告诉你冰子和萧东的事,让你作出突然回去的决定。"

雷鸣对我突然回国的决定很难释怀,虽说她平时大大咧咧,好像任何事都不放在心上,给人没心没肺的感觉。

"我本来就说待不长,我惦记孩子。"我答她。

"说是这么说,但你今天上午听了我讲的那些事,气得脸发红,你离开房间时,我觉得你快要发脾气摔东西了。"

"我回房间摔了枕头。"

我半真半假,心里惊讶雷鸣对我的了解。我的暴脾气,外人是看不出来的。

"冰子昨天收到萧东的信很害怕,她没有想到萧东念念不忘要告诉你真相。"雷鸣想了想又道,"我想,她告诉我这些事,是希望由我来告诉你,她真的很怕面对你。"

"她打算躲着我,直接回美国?"

我冷笑,心里却在遗憾。我也不知道见到冰子我是否会翻脸。然而,从精神层面,和冰子对话更有快感。我来到这里不计前嫌与她再次坐回这条臭名昭著的友谊小船,并未料到,一个小波浪便又翻船了。而我和雷鸣这条船却又非常虚幻,我们之间,常被她另一个灵异世界阻隔。

"除非她今天就走,她要是不顾一切……"雷鸣顿了顿,好像通过说话才能进行思考,"我想不太可能,她留在这里的东西比你多得多……"雷鸣沉吟道,"比如……邓老师,她好容易见到一个……让她佩服的人,她说她太孤独了,不能轻易放开可以和她聊天的人……"

"自我感觉太好,却又头脑不清,把这位冷冰冰的神神叨叨的美国男人当作知音。"我用轻蔑的语气发泄对冰子的怨念。

"人跟人讲缘分,你看不惯,她却看着舒服。"雷鸣笑笑,这时候显得颇有头脑,"她还有车子的问题,即使想留给斯老师,也得办手续,象征性地卖给斯老师,斯老师才能合法地拥有这部车子。"

"她不是还要来吗？带着孩子过来，也需要车子，等那时候再来决定要不要车子。"

"带孩子过来并不容易，必须得到她前夫同意。她这次来，也是她的心理医生帮她一起说服她前夫，以'心理健康需要'让他签了同意书，同意她到这里住两个月。免得他指责冰子再一次抛弃孩子，跑到国外。因为原则上，她必须和孩子在同一个城市，周末和假期孩子由她照顾。"

"她前夫不是很忙吗？哪有时间照顾孩子？"

"哪里真心想照顾孩子，还不是为了争一口气？离婚后，他不得不把自己的父母请来一起住，帮他照顾孩子。美国中小学一半时间在放假。冰子认为，即使他真心想照顾孩子也难做到，已经升到 attending，call 机带在身边，随时要去处理病人。尤其是节假日，外科医生最忙，酗酒的人多车祸多，外伤病人暴增，根本没法跟家人过节度假，所以，冰子总是说，别看医生收入多，家庭生活不幸福，最终结局是离婚。"

"你的意思是，她没有住满两个月就走，下一次未必有这个机会？"

"才住了五个星期，下一次可能要等老二满十八岁。"

"那时早已经过了 2012 年。"

我竟然笑了。雷鸣不解地看看我。

"你真的相信 2012 年地球毁灭？"我耳语般地用气声问，制造推心置腹的气氛，我渴望听到雷鸣真正的心声。

"地球是否在 2012 年毁灭？我觉得时间上可能会有偏差，

但是，地球很快会毁灭的危机感我是有的。"

"地球上千千万万科学家为人类进步作出的贡献，这是人人都知道的大道理，怎么能用古老的预言去抹杀科学？"

"没有抹杀，科学和预言可以一起存在。预言不过是向我们敲响了警钟，科学不能消除人的贪念……"

"算了雷鸣，我们现在的争论是老生常谈，人家早就争论过了。问题还是，我们一边在享受科学带来的生活便利，一边去古老的文化中找寄托……"我握住雷鸣胳膊制止她插话，"可以的，假如能让你获得平衡，不过，我要说的是，你雷鸣不能为了你的个人的心理平衡也好，追求也好，信仰也好，去损害多年的夫妻关系，难道家庭不是最值得珍惜？"

"你不要听雷霆一面之词，我做任何事都会和戴维商量，他不同意我不会卖房子让他搬来这里。"

"要是他为了让你开心，违背自己的意愿，也就是为你作出牺牲，你觉得公平吗？"

"我没有看出他违背自己的意愿……"

"假如是你粗心而没有看出呢？你要明白，人只能忍一时，不能忍一世。"

"别傻了李小妹，戴维再怎么想维持夫妻关系，也不会让自己受委屈，毕竟他们从小就接受个人主义教育。我们两人就家庭未来的利益考虑，也觉得在这里办民宿是一条出路。戴维比我长十岁，年纪上去了，不能一直做需要值夜班的保安工作。这里自然条件好，许多人都来这里隐修或者养老，我们是中年人了，不得不考虑养老问题……"

"这个实在，我就是要听你讲最实际的问题，能让我相信。我怕听到美好的词语，让我觉得像骗局……"

"你太实际了，不觉得压抑吗？"

雷鸣摇着头，表示无奈地苦笑。

说话间，雷鸣收到斯老师电话，那位叫罗斯的投资公司CEO，因为家暴，老婆报警，他被限制与老婆保持距离。斯老师还以为罗斯这些日子住在石头公寓呢。此外，斯老师希望雷鸣去一趟白楼，她有事和她商量。

雨停了，天光又亮开来。

我和雷鸣一起离开房间，我想散步，打算陪雷鸣走去白楼，再返回。我们走车道旁一人宽的水泥步行道，这条步行道有七八百米，来回也有一千五百米。已近黄昏，放眼望去，见不到人影，好似一个无人居住的小镇。植物在不停息地生长然后枯萎，那片树林很快会向四方蔓延。蛇从发黄的枯枝中伸出它奸诈的小头，它张开嘴，张得比它自己的头还大，因为蛇的嘴是用韧带连接，一条大蛇能吞食狮子。它用身体缠绕猎物，边缠边收紧，直到猎物窒息而死，然后把猎物挤成长条吞下。以它的狡猾和迅疾，它可以吞噬世上所有的生物。这到底是我的想象还是在 Discovery 探索频道看的？我也不清楚。

我怕蛇，怕极了！自从第一天遇到蛇，在 F 镇，我不敢一个人走得太远。

车道旁有鹿出没的黄色警示牌。车道两边是朝上延伸的坡地，坡地上是树，树林中隐约有小楼。坡上的老树树干弯曲，多少年来受着暴风摧残，仍然顽强地、歪歪扭扭地长着。老树根深，根爪铺得很开，大树周围大片泥土长着地衣，如同丝绒般的绿色薄毯盖着黑土，盖不住黑土的地方，像薄毯洗旧后，将破未破。

在树与树之间，会出现一两个小小的墓碑。这些墓碑也许和隐在树林中的人家有关，也许无关。因为人总是活不过树。房屋太老，渐渐倾颓消失，树却顽强地生长着。

即使在纽约这样的大城市，也经常会在城市房子密集的地方遇到墓地。车子经过时，朋友告诉我，要怀着敬畏，默默地对它说，对不起，惊扰你了。

关于墓碑我没有和雷鸣讨论。雷鸣正边走边发短信，她好像总是在做一件事时，心思却在另一件事上。

这也是当今很多人的状态。我们常常身体在同一空间，心思在别处。我们生活在高科技时代，我们的注意力总是被各种其他事打断，再难聚精会神在同一个方向。

上天好像听到我的疑惑，此时，我和雷鸣的目光一起被天边的晚霞吸引。

没有高楼的小镇，可以眺望远方。这里的地势如波浪起伏，我们站在如同浪尖的高处，一直望到地平线。此时晚霞像倒翻的颜料，不规则地流向四处，如此这般的红，让人联想到血，竟产生几分畏惧。但顷刻间鲜红变成淡红、粉红，从大片的红变成丝丝缕缕的淡粉红，很像牙龈出血后，你不断吐出的唾沫。

快到白楼时,我关照雷鸣:"要是遇到冰子,告诉她,我仍然在不知情状态。"

雷鸣表示不解。我解释道:"冰子不用躲我,因为我什么都不知,你没有告诉我那些秘密,我是说她和萧东生孩子这件事,我一无所知。"

话未完,冰子走出白楼,看见我们愣了一愣,脚步停了一秒钟。

"现在,只能看我表演了。"我对雷鸣说。

冰子停下脚步等着我们过去,我向她举起手臂,"嗨"了一下。

"这时候你们来白楼是……"她看着我,却朝雷鸣发问。

"斯老师找我,听说罗斯家暴,他老婆报警。"

"噢,我刚从斯老师课堂出来,没听她说起。"

"所以,你们也装着不知道。"雷鸣赶紧关照。

"你在白楼一整天?"雷鸣问冰子。

"上午去瑜伽馆了。"

"没吃饭吧?我做了杂粮粥了。"

"又是杂粮粥!你们这样活着有什么乐趣?"我禁不住发起牢骚,"我们这个年龄谈不了恋爱,人生大半乐趣没了,只剩吃喝的小乐趣……"

"你跟斯老师或者邓老师学点道就不会有这种烦恼。"雷鸣又要开始教育我了。

"算了雷鸣，你一本正经的时候立马变成小老太婆，否则还是少女。"

我的话让冰子大笑。

为了不和冰子同路回房间，我只得跟着雷鸣进白楼。

我打算在餐厅坐一会儿就走。

斯老师和邓布利多坐在餐厅喝咖啡。

猛然看到邓布利多，我一惊，我们的目光相撞又立刻闪开。

刚才还在"牵挂"他。"牵挂"是雷鸣强加给我的。好像也没有错，我的确不自觉地在关注他，因此有了"怎么总是见不到他"的失落，我有一种挑战他的渴望。

雷鸣和他们坐到一起。我隔着距离问候了斯老师，和邓布利多互相招了招手，便离开了。

我比冰子晚几分钟回石头公寓，至少，路上的相遇让冰子下了台阶。

自从订了飞机票，我的愤懑像浴室的热蒸汽，渐渐消散。

二十三

这天夜晚雷鸣把我和冰子请到白楼，她要我们见识一下老外们的"批评和自我批评"。这是斯老师班级根据学员的状况，不定时举行自省和心灵交流的夜晚聚会。雷鸣希望我和会员们打一下招呼,并和他们道别。

这晚来了十七八个学员,部分学员家住得远就不参加了。夜晚的餐厅变成会议室。餐厅的长台上点起了蜡烛,蜡烛和电灯的差别是前者天然地富有神秘气氛,它让一个空间明处和暗角同时存在。

心灵交流会上点蜡烛是斯老师的 idea。她认为光线太亮,会让人有心理障碍而无法袒露心声。羞涩的人可以选择相对暗的区域就座,而夜晚比白天更容易突破心理防线。

学员们围着长台坐,他们多是白人,女性居多。拉吉万和邓布利多也来了。这些异族面孔在闪烁的烛光中,带有某种戏剧效果。这场景不像在三次元的真实空间,更像在二点五次元——舞台,似真似幻的空间。

罗斯第一个发言,对于自己的家暴行为非常后悔,几乎声泪俱下。然而,说着说着他却抱怨起自己的妻子,说她与他分房睡,将近一年没有性生活。斯老师打断罗斯,说私生活的事不便在此交流。罗斯正在火头上,喉咙便粗起来,眼看他又要暴怒,坐他边上的邓布利多在他耳边说了一些话,罗斯又平静下来了。他说了一声"对不起",便不再说话。

艾米却生气了。她坐得离蜡烛近,烛光映照她的神情——眉尖紧锁,黑眸幽深——宛若一个情绪饱满的银幕特写。她反驳斯老师,说既然是心灵交流,就应该想说什么就说什么,很多痛苦就是发生在私生活里,怎么可能不聊私生活?

罗斯的情绪好像又被激发了,他坐立不宁,只等艾米说完,再次倾泻他的怒气。邓布利多又开始在他耳边低语,罗斯的情绪热度在邓老师的低语中下降。

斯老师坐在烛光的暗区,看不出她脸上的表情。

拉吉万坐在长台那一端,他的目光在观察每个人的反应。我坐在长台这一端,和拉吉万一样,在最佳观察位子,内心藏着些许兴奋,好像在看一台戏。

雷鸣挨着我,在我左边,却是拐了一个角坐在长台侧边,她的左边是艾米。艾米说话的语气严厉焦躁,雷鸣对艾米轻声说了几句话,不外乎是劝解。艾米好像更生气了,她大声回答雷鸣,说,心灵交流时,老师和学生是平等的。她指责雷鸣不分是非,不认真讨论问题,一味讨好老师,是个马屁精。

艾米越说情绪越高昂,简直滔滔不绝,很多句子我抓不住意思。

冰子坐在斯老师身边,她的另一边紧挨着邓老师。今晚,我们仿佛刻意坐在不同区域。原本,她可以为我做同声翻译,但是,我宁愿离她远一些。

雷鸣像个受气包,在艾米的指责声中一声不吭。我想帮雷鸣反驳艾米,却没把握能否说出连贯的句子。犹豫间去看冰子的表情,我看出艾米对雷鸣的指责在激怒冰子,她原先就百般看不惯艾米对雷鸣的控制。我立刻放弃发言打算,等着冰子发飙。

当艾米终于闭嘴,冰子的声音就出来了。她的语气冷静,语速缓慢,但语词直白尖利,毫不掩饰对艾米的反感。

"艾米,你和雷鸣都是志愿者,一起工作,是同事关系,应该互相尊重!我到这里以后,很遗憾地发现,在你和雷鸣的相处中,从来看不到平等。你对她说话态度粗暴,充满怨恨,谁给你权利可以这么对待你的同事?"

冰子毫不客气的责问让艾米一怔。这时候的冰子又回到锋芒毕露的年轻岁月,是曾经让我有几分敬意的冰子。

雷鸣因为惊诧,眸子又朝鼻梁靠拢。人们都安静下来。也许这个团体中还没有人像冰子这般说话不留情面,他们的目光难掩对冰子的刮目相看。

"事实上,她对你的照顾和关心已经超过了同事关系,更像一个朋友,你有表达你的感谢和善意吗?至少,我从来没有看到。我是雷鸣的好朋友,我不允许你这么对待她,你对她的粗暴蛮不讲理已近似施虐。"

冰子最后用的 abuse 这个词,让现场产生小小的震动,议论声打破了寂静。

艾米经过短暂的愣神,立刻便与冰子针锋相对,但气势已经不如先前。所以她用的是问句。

"你又是怎么对待你的朋友?你没有背叛你的好朋友,抢走她的幸福吗?你以为自己是耶鲁生就可以欺负人了?"

冰子愣住了,然后转向雷鸣,改用我们之间交流的沪语。

"你怎么可以把我们之间的事告诉艾米?"

"你对李小妹做的事让我非常生气,我没法跟李小妹讨论,只能跟艾米讨论,萧东要你把所有的真相都告诉她。"雷鸣指着我,"为什么你不说,让她一直恨着萧东?"

当她们俩对话时,艾米便和其他人嘀咕那些所谓"背叛"的故事。于是,先前对冰子刮目相看的目光变成嫌恶,连我都变得不自在了。心里认为,雷鸣对艾米讲得太多,已超过界限。

"我没想到你雷鸣为了讨好艾米,跟她八卦我们那些隐私。"

冰子对雷鸣的指责中不掩饰的轻蔑让我不快,我的刻薄话便冲口而出:"雷鸣倒不是为了八卦,她这人太有正义感,这是雷鸣幼稚的地方,也说明她的可爱。冰子,你也不要太自以为是,你一向自高自大,到重要关头,还不是跟小人一样用心机耍手腕。"

我不说则已,一开腔,火气腾腾腾地从身体里蹿出来。冰子完全蔫了,脸上有惊恐之色。

"明明已经和萧东生了孩子,前两天还在说你们并没有发生更深的关系,我不太理解你的'更深的关系'是什么关系。我今天才知道你撒谎了。我早就不在乎萧东了,我在乎'背叛'这件事。其实,到了今天我也不想在乎很久以前发生的'背叛'这件事,我对萧东的感情早已成为过去式。我在乎的是你我之间是否坦诚,我以为经过这几天的相处,我和你又可以成为朋友,我们之间不再有欺骗……"

我瞥见邓布利多紧皱的眉头,我才发现我是用标准国语在指责冰子，难道为了让他听懂？

艾米和周围的老外，虽然听不懂我的话，见我说话的语气和脸色，便能看出我在斥责冰子。他们在一旁纷纷帮腔，七嘴八舌，虽然不是直接谩骂，但语词颇有分量。我看到冰子脸色发白，捂住胸口，紧接着就歪倒在她身边的斯老师身上。

是的，冰子昏过去了。

一时间，房间里闹哄哄的，有人要打电话喊救护车。

拉吉万第一个冲到冰子身边。斯老师吩咐他和邓布利多把众人带离餐厅，包括我和雷鸣。她说话声镇定，关照众人先别打电话，要相信她的气功马上就能弄醒冰子，要求房间必须安静，不能有其他人干扰。

人们听话地走出房间，簇拥在大厅里。

在大厅的电灯光下，众人个个脸上都有了内疚。艾米流眼泪了，她走到雷鸣身边欲言又止。雷鸣习惯性地又想安抚艾米，被我狠狠地扯了一下。

斯老师不仅关上门，连蜡烛都吹灭了。

我站在房门外，焦灼不宁，忽然觉得胸口发闷，双腿发软……我靠到墙上，我能听见自己的呼吸声变粗，气透不过来了，我会昏过去吗？我咬紧牙关，试图用意念克制昏迷。我瞥了一眼站在一旁的雷鸣，此时她也在发呆，她跟我一样，被冰子的昏厥 shock 到了？冰子原本是为雷鸣仗义执言，怎么突然就成了众人憎恶的对象？我不是应该帮她解脱，怎么会与她为敌，当着老外的面与自己朋友"内斗"？我闭上眼睛放弃"克制昏迷"的意念，就让自己也昏过去吧，和冰子一样，一昏了事。

正在此时，邓布利多到我身边，一把搂住我的腰将我牢牢扶住。直到这时，雷鸣才发现异样，她和邓布利多一起把我扶进餐厅，让我坐在靠门口的椅子上。邓布利多为我把脉，轻声嘀咕："心跳有些快。"他把我的手掌平放在他的手掌上，口里念着"吸气，呼气"……

我放松下来了，就像坐在医院诊室。

我睁开眼睛，发现冰子也已经坐起身，就像我一样，手掌放在斯老师的手掌上……这间房虽然此时没点蜡烛也没开灯，但被月光照得清晰可辨。

邓布利多坐在我对面，深蓝的眸子专注地看着我，就像医生看诊。我发现我的手仍然被他握在手里，我没有任何不安，经过这个夜晚的风波，我正随波逐流进入另一种境界。

我心跳恢复正常后，邓布利多才起身离开。然后，雷鸣坐到我身边。

"你看起来好多了。"雷鸣察看我的脸色，"刚才像突然休克一样，脸白得像纸，你是因为太担心冰子吗？"

"担心是有的，但也不至于担心到休克。"我笑笑，"也许这里的气场有问题，都是有病的人在这里做气功。"

"这个问题我要和斯老师讨论一下。"

"我随便说说，你又当真了？"我的老腔调又出来了。

"我刚才也是这么怀疑。"雷鸣是认真的。

"这么激烈的场面以前也发生过？"我问雷鸣。

"有时候他们之间会有争执,但马上就和好了。"

"不会发生休克这种事吧?"

"休克有过,不是吵架引起,他们在气功教室练功时,有人突然昏过去,斯老师很快就让他醒来了。"

"是气功引起的吗?"

"应该不是,休克的学员,通常都是带病来医治……"

说话间,斯老师走出餐厅通知众人。

"冰子现在好多了,大家可以回房休息,今天发生的事我们下一次再讨论……"

我和雷鸣坐到冰子身边,我们就像被老师留堂的学生,并排坐着,一声不吭,默契地接受惩罚。

"极光……快看极光……"

"极光……真的是极光……"

餐厅外传来激动的呼声,人们拥出门外的脚步声。我和雷鸣立刻跟着奔到门外。

白楼门口,人们脸朝一个方向,却只有男士们惊喜的目光伴随惊叹声。只见罗斯满脸含笑,眸子含泪,拉丁裔和非洲裔两位男子的黑眸也在发光。

除了邓布利多,男士们都在胸前画十字,印度教的拉吉万双手合掌,好像此时他们才意识到自己是教徒。

此时天空比平时亮,蓝中带紫,没有云彩,没有星星。

人们说的"极光"是什么?

我问雷鸣,雷鸣去问其他女人。

"哪里有极光……"

女人们也在互相询问,她们声音焦灼。

"请形容一下你们看到的极光!"有位女士大声发问。

"是的,请形容一下……"女学员们纷纷附和。

"绿光,像波浪一样流动,波浪的边缘发紫……"

"在绿和紫之间……"

"有其他颜色,没法描述,因为在变化……"

"比紫色更淡的颜色怎么形容呢……"

男士们七嘴八舌地,好几种语言。激动中,他们各自在英语中夹杂了家乡方言,拉吉万的印度方言,拉丁裔和非洲裔男士的西班牙语。

唯有邓布利多沉默不语。

"我们女人的眼睛出了问题?"有位女士在问,没人回答她。

"斯老师呢?"

雷鸣在问,神情急切,她好像需要通过斯老师证明,女人并没有看到极光。

人群里没有斯老师,也不见冰子。

我跟着雷鸣回到楼房,推开餐厅虚掩的门,只见冰子和斯老师并排坐着聊天,她们竟然没有被"极光"的呼声吸引到户外。

我俩又从餐厅门口退回到白楼门口。

极光早已消失,男士们告知,他们先离开。女人们心犹不甘，仍然抬脸望着天空。

也许这只是男士们的恶作剧，他们集体撒谎，给女人们留下不解的谜？

这个夜晚难道不是苏格兰之行的高潮？我自问。

"斯老师在陪冰子说话，看起来很平静。今天的事都怪我……"

雷鸣对着仍然站在门口的邓布利多和拉吉万做起自我检讨。我想制止她，但我没有作声。我像泄气的皮球，和女人们一起默默看天空。

这时的天空又恢复了平时的模样，暗蓝的，几片云彩。星星出来了，超乎寻常的星星，大而密集。我想不起来这里平时的夜空中星星是什么样子。

二十四

我看表，十一点半。

"回去吧！"我对他们三人说道，快步走在他们前面。

戴维和雷霆迎面朝白楼走来，两人神情留有兴奋的痕迹。

"你们刚才看见极光了？"我抢在雷霆之前揶揄道，"还是听见其他男人在说，看见极光了？"

"你们看到了吗？"雷霆问。

"女人们都没看见……"

雷鸣在我身后回答雷霆，雷霆便笑，以为雷鸣又在发神经故意怼他。雷鸣没再理他，去跟戴维述说刚才发生的一切，她跟看到极光的人一样激动，英语说得凌乱。

拉吉万好似意犹未尽，加入他们的热聊。

邓布利多仍然不作声。

雷霆听了一会儿他们的议论，转来问我。

"真有这种事？你们女人居然看不见极光？"

我点点头，反应冷淡，好像视这一切为正常，却让雷霆变得不安。

"这个地方太偏僻，有鬼气哦！我一个人都不敢晚上开车过来，有一次遇上鬼打墙。"

"讲话也要小心，别得罪了这里的地主。"我故作神秘。

雷霆一惊："哪个地主？"

"管辖这块地方的大神。"

雷霆仔细打量我，想看出我是否在和他开玩笑。

我脸上没有笑意，虽说是玩笑，但我的确也有点敬畏的感觉。

"冰子呢？"不等我回答，雷霆又问，"你们今天的'斗私批修'好玩吗？"

"斗私批修"的形容，令我一怔。今天的确批过"修"了，冰子是今天的"批修"对象。这一联想，令我有严重的负罪感。这个词语曾被我们上一代人娴熟运用，其中藏着残酷的记忆。

我母亲曾经怀疑，雷鸣父亲的自杀，和他被多次"批修"有关。这"批修"在当年是以"批斗"的形式进行，很多人没法忍受，有些人立刻就跳楼了，有些人是慢慢倒下来。雷鸣爸爸过了好些年才出事。

"就像慢性病引起的并发症，你以为死于并发症，其实根子在慢性病……"我母亲多年前的议论突然清晰地浮现出来。

"怎么搞得这么晚？"

雷霆还在追问，他笑嘻嘻的，因为觉得好玩？我才意识到，他和戴维还不知道今晚发生在餐厅的风波。

"去问雷鸣吧！"我没有兴致向雷霆再讲述一遍。

雷鸣此时在打电话，仍然处在亢奋中。

"我姐是话痨，一件事可以来回讲几遍。"雷霆摇着头。

"戴维大概不爱说话。"

"轮不到他说话。"雷霆说着就笑了，是好笑的笑，"雷鸣在外面忙个不停，在家时间少，一回来更要讲个不停。她像她家里的客人，家务都是戴维做。戴维忙家务时，她就像影子来来回回跟着戴维转，把她外面做过的事遇到的人一一细说。"

"可能戴维很享受。"

"我想是的，至少，她在家时，家里很热闹。不过，她不在家的时候，戴维才有机会讲话，他幸好有猫咪，猫咪和他谈得来，没想到不是亲生的儿子反而更亲。"

雷霆莫名地叹了一口气，想来他与自己的孩子未必那么亲。他经常回国内，让太太在伦敦带孩子——典型的"打酱油"的中国父亲。

"雷鸣也太阳光了，在家在外都这么兴致勃勃？"

"你以为？她发疯的时候，你们都看不见……"雷霆欲言又止，"不过，她现在学会管理自己了，情绪低落时就吃药，她有时很亢奋，跟她吃药有关。"

我无语，瞥了一眼戴维，他在和拉吉万说话，邓布利多在旁仍然一声不吭。我转头时，无意间对到他的眼神，竟有触电感。他之前对我的照料有点不真实，比今晚看不见的极光还要虚幻。我当时没有向他道谢，而现在和他之间隔着距离，好像很难走到他面前，跟他说一句感谢的话。

"怎么没有见到冰子？"见我不说话，雷霆又问。

"你倒是挺关心她的。"

"你们三人不是应该在一起吗？怎么了，吵架了？"

我一愣，没想到平时满不在乎、有些油滑的雷霆还挺有心的。我没有回答他的问题。经过刚才发泄后的空虚、雷霆"斗私批修"的形容，对于今晚冰子的休克，我重又处于不安中。

"刚刚终于拨通斯老师的电话，我们都很激动……"雷鸣拿着电话跑到我面前说。

"你们有什么可激动的？"雷霆发问。

"为什么你们看见了，我们看不见……"

"这种奇怪的自然现象，应该由科学家解释。"我打断雷鸣，抬杠的语气，"道学又不是万金油！"

"斯老师没有用道学解释。她和我看法一致，这再次证明，宇宙是无限的，科学是有限的，科学很难解释神秘的现象……"

"这又不是你们的独特看法！"雷霆不以为意。

雷鸣竖起眉尖。怕他们争执，我态度中庸，说了一句废话："科学还在进步中，需要时间……"

"不能把希望寄托在我们有生之年看不到的未来……"

雷鸣这句话倒是挺有想法，但这好像不是支持"科学有限"的理由。如果站在貌似科学的立场同样可以反驳她。有意思吗？争来争去，双方都在讲大道理。大道理可以解释一切难题，却又什么都解决不了。

我感到极度困乏，时差来了？我甩开众人，疾步朝公寓赶。

我回到房间，来不及洗澡刷牙，扑倒在床上，立刻昏迷般地失去意识。这便是时差的好处。我有睡眠障碍，经常靠安眠药入睡。时差在我身上也逗留更长，人家一星期就倒过来了，我需要两三星期。这两三星期恰恰是我享受睡眠的好时光，给了我"倒头入睡"的体验。

我醒来时，天还暗着，看表，才两点。回来路上看表是十一点半，心算一下，我最多只睡了两个半小时。我妈常说，失眠的人就爱计算睡眠时间。

这一觉虽短但很深，深到没有梦，让我觉得像睡了一整夜，格外清醒。

这短短的一觉调节了我的情绪，之前的困乏空虚内疚不安都消失了。我起身刷牙洗脸洗头洗澡，周身清爽，格外轻松。

想起还未通知丈夫我回家的日子。来到苏格兰后，我只是用电话卡打了个报平安的电话，之后，再未和家人联系，几乎忘记自己在家的角色。

我打开电脑，把拖欠的邮件先回复了。然后，写了一封邮件给丈夫，除了告知飞机航班和到达时间外，还写了几句自己的心情。

我在美国期间只给丈夫打电话。事实上，我们结婚至今，联系都是用电话。丈夫曾经很遗憾，我们之间没有情书，从约会开始就在一个单位。婚后因为出差离家，我都只用电话而不是邮件与丈夫联系，电话更便利不是吗？

他曾经希望我写信而不是打电话，他是个热爱文艺的理科生，所以有更严重的文艺腔，有时他会给我写信。

可我厌倦了"写"，假如谋生的手段是"写"，我当然不愿意在休闲时仍然写。在家时，突然出门需要关照什么事，我会留纸条，但纸条也是电报体，并且，没有称呼和签名。我知道他心里的失望，以为娶了个文艺青年，未料是个伪文青。好在他是成人学校教师，有机会结识他想象中的文艺青年。我们的婚姻是半开放的，他和谁往来我从不干预，为了他不要干预我。事实上，我们都没有对方想象的那么开放，毕竟，他内心是传统的，而我也很少有机会遇到心仪的异性。抚养孩子消耗了太多精力，最后，是现实将我们挪回轨道。出轨有后果，不是所有的人有勇气承担后果，尤其是本性安分守己的男人，更愿意跟着惯性走人生。

大学毕业后我被分配到成人学校,我在文科组,一年后他毕业来到成人学校理科组。他帅气中带些稚气,性格内向寡言,就像如今人们所称赞的:安静的美男子。他不能算美男子,但五官端正,品行和举止也端正,加上不爱说话,是我喜欢的类型。我们在同一条交通线上,因此上下班同路。

他有个从大学开始交往的女朋友。毕业不久,大学女友去了国外,临走前和他结束了恋人关系。他说,他一直在等她离开,他早就知道她要走,毕业前就知道了。可以说我俩的失恋遭遇有几分相似。

我们在上下班的路上,互相倾吐心事。但在这件事上,我们没有发泄对负心恋人的失望或者愤懑。我轻描淡写提了一下那段恋情,仿佛自己并没有太上心。他比我真实一点,说他本来是想和对方结婚的,他那时认为和对方有过性关系就应该负责到底。

我们同路三五个月就成了恋人,是在不自觉的状态中开始约会,所以没有脸红心跳之类的激动,没有等电话等情书的焦虑,也就没有恋人之间的争吵。我们之间没有激情,有足够取暖的温情,重要的是,他为我带来平静有序的生活。

所以,我不能说萧东之后不再有恋爱。首先,萧东不是情圣,无非是他对我的伤害让我记住他了;其次,我也没有那么痴情,把一段失恋放大成整个人生的失败。

那段时间,生活绝不缺少小期待小满足,如今人们用"小确幸"形容。我们的关系平滑而随遇而安。我们朝夕相处,一起上下班,一起消磨休闲时光,去剧场音乐厅电影院甚至美术馆,以及,床上。

当然,我们更愿意在床上消磨时光,但我们两家的住房都很挤,要等家里没人才可以上床,而这种机会实在太少。更多时间我们是在办公室亲热,所以在学校逗留到最晚。

半年后我换工作,去了一家小杂志社,太忙了,没法天天见面。那时普通人还未用手机只有 call 机,我们用 call 机互相发简讯,多半是联系见面时间地点,也会发一两句表达心情的句子。他后来告诉我,文字的力量出乎意料得大,收到简讯的当天,他总是有点失魂落魄。

那个阶段,我们很少交谈,利用一切机会用身体相爱。为了找地方做爱,去邻近小镇不需要结婚证书的小旅馆。寡言内向的他在床上爆发的能量令我沉迷,我们之间对于性爱的渴求是相同的,是默契的性伙伴。

一次在他家的床上,遇上他去苏州的父母突然回家,那种退无可退的尴尬和羞耻,是促使我们去拿结婚证书的直接动力。我觉得和他结婚未尝不可,虽然他不是我朝思暮想的那一位。"那一位"是谁,连我自己都不清楚。在我们双方父母的反对中,没有任何结婚仪式,我们租了房便算成家了。

婚姻的初期并不顺利,我发现他出国后的前女友在和他通信,那前女友的信倒是写得像情书。也许是萧东事情带来的阴影,我把这件事看严重了,甚至提出离婚。即使他们断了联系,我仍然有被骗的阴影。

意想不到的问题是，婚姻令性爱变成家常便饭，彼此对肉体的贪恋开始消退。我发现，合法做爱这件事难以持久。身边朋友告诉我，做爱次数随着婚龄增长反向递减。就像冰子所言，婚姻成了结束性爱的方式。

可我们还年轻，心里有等待，是没有目标的等待，等着一次刻骨铭心的恋爱，却又怀疑，所谓"铭心刻骨"是受了虚构作品的影响。

漫长的婚姻关系里，出轨可能是一种不自觉的、以负面行为维持婚姻的方式。人们碍于社会道德而不作讨论。出轨这件事，和天时地利有关。在小杂志社工作时，需要出差，旅途上，荷尔蒙总是格外活跃，而婚内性关系进入倦怠期，你很难抵御诱惑。好在出轨对象不尽人意，让你及时止损，并充满懊悔和内疚。回家后，会努力于家庭事务，平衡对丈夫的亏欠感。而我丈夫是个宅男，并且有洁癖，他无法忍受酒店的床单被子枕头，诸如此类，所以他拒绝旅行。他也不愿换工作，对教书这个职业并不厌倦。在他看来，职业是为了挣钱生存，没有爱恨一说。总之，他从来不去争取什么，随波逐流，随遇而安，在家是"妻管严"，在外是滥好人。

其实有孩子后，出轨的机会跟着消失。为了守在孩子身边，我辞去工作。母亲的角色让你变得有责任感有道德约束。你的快乐感建立在孩子身上，并重新发现婚姻存在的重要性。有了孩子你才会发现，夫妇之间还是一种合作关系，是生存的共同体。

此刻,我被乡愁笼罩,想到上海家里有个丈夫,我不知道他是否有等候的心情,但至少会等在机场大厅,假如我要求他接机。想到有人接机,回家路上心里会有踏实感。

我们不是佳偶,但也不是怨偶,婚姻很沉闷。丈夫这个角色已然成了亲人,在未来的日子只有他可以陪伴你。或许,这就是婚姻的意义,一个原本没有血缘关系的人,成了家庭成员。而家庭里面,从来不是相亲相爱,太多的对抗、不满,甚至厌恶。然而,遇到紧要关头,比如急诊送你去医院,比如上手术台需要签字,比如为你打理后事……唯有伴侣可以帮你应付瞬息万变的人生灾难。当我思考婚姻的意义时,我想到的画面都是这般阴暗。你不得不承认,真正的、最结实恒定的现实,就是这么阴暗。

今天,我除了告知飞机航班时间,还多写了几句。

从美国回上海的路上,"打横"来到苏格兰。记得以前上学时,爸爸总是关照不要在路上"打横"。"打横"从字面就能看明白,应该走直线,却拐弯走到横马路,也就是弯到别处去。所以"打横"会有意想不到的收获,也会有无法预料的风险。这次"打横",是一次奇异之旅,回家细说。

我不会直接说"想念",更说不出"爱你"两个字,这封短信已足以表达我的心情。这,也只有他懂。

发完邮件,手机进来短信。

"极光让我们都睡不着了。我和邓布利多在公寓门口,看见你的房间灯光还亮着,下来聊聊?"拉吉万问。

深更半夜,站在门口不冷吗?我嘀咕着,已经穿上羽绒大衣飞快下楼。

"我看到……我看到了……极光不是吗?快看,不是绿色,是黄色,还有粉红,啊啊,红的出来了,就像血在天空流,有人说运气好的人才能看到红色……"我走到门外,脸朝天空,一惊一乍地形容极光颜色。

"我怎么看不到?"拉吉万抬脸和我同一方向看着天空,因为看不到极光而着急。

"这次,极光是给女人看的!男人看不到!"我告诉他,得意洋洋,仿佛我真的看到极光。

"她在开玩笑,现在没有极光。"邓布利多说。

"你没有看到,就说没有?"我回答他,就像对着老朋友耍赖。

他瞥了我一眼,有些吃惊。我不自在了。

拉吉万却在那里笑,好像一场比赛的赢家。

"连极光都重男轻女,只让你们男人看到?"为了掩饰尴尬,我转向拉吉万,半真半假。

"也许不是极光,只是某人的错觉,天空出现了少见的颜色,当时男士们先奔出大楼,所以他们看到了。"邓布利多回答我。

他的否认让我颇感意外。

"我看到的时候,旁边的女士说她没有看到。"拉吉万争辩道。

"是你一秒钟前看到的天空颜色留在眼睛记忆中,那位女士正好错过。"邓布利多解释道。

拉吉万笑着摇头,却没有继续争辩。我觉得这是个奇怪的解释,却忍住发问。无论如何,邓布利多否定极光这件事,合我心意,想着明天一定要转告雷鸣,否则她又要在这件事上大做文章。

"雷鸣说你很快要回中国了?"邓布利多对我讲起了汉语,转头又用英语告诉拉吉万我回国的事。

"是的,出来时间太长了,我想家了。"我脸对着拉吉万,用英语回答邓布利多。

"因为你已经在美国待了一阵?"拉吉万问。

"我是从芝加哥过来。"我强调般地指出,看着邓布利多,好像提醒他,我认定他是与我一个航班。

他也在看我,却置若罔闻。

我们倒是互相看了有六秒钟。

拉吉万的手机铃响,他上楼去接电话,剩下我和邓布利多,一阵沉默。我也该上楼了,却仍然留在沉默中。

"这两天没见到你和冰子……"我忍不住发声。

"冰子请我带她去生态村体验集体冥想……"

"冰子是找借口逃避我吧?"

邓布利多凝视的目光,欲言又止。

"雷鸣告诉我,你是来参加斯老师的气功班。"我换了话题,"这两天她们没有看到你,有点……失望……"

"失望"是我杜撰的，没人告诉我，她们失望。但我知道，至少雷鸣在失望，她希望邓布利多出现在斯老师的气功教室，或者说，她希望在她们的东方学校每天见到邓老师。虽然，她从来没有过这类表示，但我明白，雷鸣对邓老师的心情，她迷恋他，却不愿对自己承认。

"我会把更多时间放在气功班，过了这几天……"邓布利多欲言又止。

"冰子是矛盾的，一边在和你聊东方道学，一边去生态村参加他们的冥想。"

"这并不矛盾，从精神和哲学意义上，冥想和道家的静功是贯通的。"

"当然，用你们抽象的道理都可以说通……"我不以为然。

"没错，你现在是个怀疑主义者……"他顿了顿，已经看出我会不耐烦，又道，"生态村比较成熟，对冰子有说服力，让她看到，地球上确实有这样一个相对健康类似乌托邦的社区。"

"地球上应该不止一个类似乌托邦的社区，美国不也有著名的 Amish 聚集的社区，拒绝汽车和一切现代化设施，过着与世隔绝的、最环保的简朴生活？"

"Amish 是同一教派的教徒，文化上封闭的社区；生态村是开放的，接受不同国家不同宗教的居民，是个地球村。"

他态度客观，我只能点头表示同意。

他又补充道："斯老师这边的气功班，以及镇上其他的隐修学校，或者瑜伽工作室，都是殊途同归，扩展生态村的外延。"

"冰子很优秀也很骄傲,好不容易有个佩服的人让她喜欢,却被拒绝。"

我把话题转回冰子,涉及她的隐私了。

邓布利多没反应,好像没听见似的,或者,没听懂?

冷风飕飕。天上的星星退远,被薄云遮住。他问我冷不冷,我说我想上楼了。

邓布利多和我一起上楼。走到二楼时,他问我,想不想去他房间喝热的 apple cider。

二十五

Apple cider 是一种发酵的苹果汁。从感恩节到圣诞节期间,在美国小城超市,apple cider 装在塑料桶里成排摆在靠门口的货架上。节日期间,美国人在家举行派对,一大锅 apple cider 在灶头上煮,锅里放桂皮。冬天白雪皑皑,这烫口的热饮,非常受客人欢迎。

此刻,在苏格兰高地阴冷的夜晚,我不仅渴望喝热饮,还有隐秘的情结。我想到冰子,我以为我已经原谅她了,但走进邓布利多房间时,我有一种插足在她和他之间的快感,从小便与她竞争的好胜心又被激活。

邓布利多的房间在雷鸣楼上,却小了一圈,因为是在顶楼,屋顶是斜的,套间的小客厅只能放小圆桌和两把椅子,料理台和冰箱却不小。

他的 apple cider 装在一只塑料大桶里,比美国超市的桶大一倍都不止。他说是直接从生态村买来,是有机苹果。我告诉他,这生态村我未到 F 镇就已经听雷鸣介绍,却没有时间去参观一下,我说我心里总有还会再来的念头。

"你还会再来吗?"

他问我,语气认真,让我意外,好似希望我再来似的。

"这次太匆忙,因为离家好几个月。我连伦敦都没有去过,所以还会来,只要雷鸣还在这里。"

"她应该在!"

邓布利多肯定的语气,眼中有一丝笑意,仿佛在帮雷鸣鼓动我。我笑了。

"听说你会算命?"

"你想算命?"

"我不会让你算。"

"为什么?"

"不想让你知道我的人生。"

"不是你想不想的问题,你站在我面前,我就知道了。"

"知道什么呢?"

邓布利多没有立刻回答我。

他把 apple cider 倒进一只不锈钢小锅,放在电磁灶上,从挂橱里拿出一袋桂皮,从桂皮袋里抽出一根放进 apple cider 里,桂皮棒像筷子,有一头露在锅外。桂皮和 apple cider 一起煮。他说,假如不想桂皮味太浓,可以随时抽出桂皮。

接着,他打开另一扇挂橱门,拿出两只大号马克杯。

这一连串动作流畅不乱。料理台上除了电磁灶还有热水壶、咖啡机和多士炉。小家电摆得有序,一尘不染。多士炉旁放着一块小砧板,砧板上放着开封后又被包好的黑麦面包和小刀,砧板和刀擦得干净,没留一粒面包屑;料理台上连水渍都擦净,料理架上一排小小的调料瓶,更是擦得晶莹剔透光可鉴人。果然是个洁癖男,单身生活井井有条。

他的小家电都是好牌子,咖啡机是法国的 Magimix,多士炉则是英国的 Dualit。他告知这是去年来这里时,请雷鸣帮他买的。而我发现,雷鸣自己套间的咖啡机和多士炉却是杂牌。

显然,邓布利多不需要靠工作谋生;不仅不需要谋生,还可以做慈善。

很快,我在他的套间听到了他的故事。

邓布利多有个画商业画相当成功的父亲,这父亲有过好几段婚姻。他讨厌父亲,曾经叛逆,酗酒吸毒飙车,成年后与父亲几无往来,只在父亲生日时打个电话。一次车祸后,他仿佛重生,戒去了所有恶习,爱上了东方道学,也修复了与父亲的关系。因此他接受父亲建议,建立了一个慈善机构,投资的瑜伽馆,也在这机构名下。

他坦承,车祸引起的脑损伤,留下癫痫后遗症,他却因此拥有算命的超能力。他不用通过茶叶占卜，他只是用这个形式掩盖他的超能力。

这个夜晚，邓布利多对我述说他的故事，作为他知道我的秘密的交换。

当时他把热饮倒在马克杯里递给我，我俩围着小圆桌一起喝 apple cider，那情景多少有点亲密。为了掩饰尴尬，我寻找话题，忍不住追问他，他对我的人生有多少了解。他告诉我，他知道我曾经遇到危及生命的医疗事故，我吃惊得手发软，差点扔下手里的杯子，却被他及时抓住。他抓住我握杯子的手，他的和面孔一样苍白瘦削的手冰冷有力像铁钳。

人工流产后，我的恐怖并没有结束。流产手术留下后患，一丝胚胎组织遗留在我的子宫。当时手术后每天有少量鲜血流出，并伴有轻微下腹痛，就像月经后期。但是人流后医生并没有给我任何医嘱，在她眼里，未婚先孕如同犯罪，她狠毒的目光和言词，让你觉得她不是在救死扶伤，而是个行刑者。事实上，婚前堕胎就是行刑！这种情况下我没有去就医，等着有一天血会流干净。直到那一晚，正是大年夜，年夜饭吃到一半，我突然腹痛加剧，然后大量血块从阴道流出，我坐在抽水马桶上起不来了，母亲叫来救护车。

在急诊室我不敢当着母亲的面，告诉医生实情。当晚，医生只是用止血针止住血，让我次日去妇产医院做检查。

我在妇产医院做超声波检查，才知道是胚胎遗留。这家医院的医生告知胚胎遗留非常危险，是人流手术未做干净造成，必须再做刮宫手术，否则再次大出血命都可能保不住。他要我去找为我做手术的医生，说，这是一次医疗事故。

我不得不硬着头皮去找那位医生，她非常生气，说她做手术到现在还未遇到这样的状况，她要我明白这手术是她开后门帮我做的。她没有说，她拿了红包才愿意开这个后门。

我看她推诿不愿承担责任，突然失去理智。我告诉她，如果她不好好收拾残局，我会不顾一切把事情公开，我会去找院方领导。我告诉她，比起失血而死，我宁愿身败名裂。我心里明白，我的风险可能是被开除公职。我那时刚被分进成人学校做老师，彼时，身边已有朋友下海。我想，大不了我去摆个街边摊，天无绝人之路。

当然，这位医生不敢不给我做清除胚胎手术。手术时间比第一次长，因为难度增加，是用针尖去挑粘在子宫内膜的那丝胚胎。这一次她不再骂骂咧咧，也许我失控的样子她领教过了。做完手术她让我住了几天医院，为防止感染每天打点滴。而我欺骗家人说，我与大学同学去外地旅游。

那两年的有些夜晚，我常常在噩梦中哭醒。我在梦里躺在妇科手术床上，没有任何遮蔽，我裸着下身，两腿岔开，脚搁在架子上，一队医学生穿着白大褂排成一行在我床前进行观看，他们眼神冷漠潜藏着未来坐在诊台后的凶悍嘴脸。有时我梦见自己躺在家里的床上，下身血流不止，我不敢出声，耻辱的血将让我一辈子抬不起头来。

这经历不堪回首，我从未告诉任何人，包括帮我开后门的表姐。渐渐地，那些血块在我的记忆中褪色，直至消失，我就像得了失忆症，全然忘记。

此时，邓布利多突然提起，就像一件旧物被埋在杂物堆里，某一天无意中被看到，它如此鲜活地跳进你的眼帘，连带当年携带在身边的情景。我因为受到刺激而说不出话来。

也许我失神的样子让他内疚，他便讲起他的身世。这身世在我听来更像是杜撰的。这种父子之间的故事过于老套，太富于戏剧性，出现在西方不少影视剧里。从过去到现在，世代都会有，所以，他的父子故事没有打动我。

邓布利多因车祸脑损伤留下癫痫后遗症，癫痫带来他的超能力，这听起来太夸张，没有真实感。然而，他的确道出了我的秘密，是我企图用岁月堆积的杂沓去埋藏的秘密，没有人知道，除了我自己。

我是否应该向他否认这段经历，为了说明他是错的？我想，我的不承认一定也在他的预料中，然后他会说出一些我可能不想记住的细节，让我再一次经受折磨。

这个话题赶快让它滑过去才能让我恢复自信。

我专心喝着 apple cider，至少，大号马克杯遮住了我的脸。这发酵久了的苹果汁有低度酒精，我希望酒精把我麻醉。

锅子里的 apple cider 在电磁灶上加温，维持烫口的热度。我喝了太多 apple cider，脸颊发热，有轻微的眩晕感。邓布利多的脸颊仍然苍白，以他酗酒的前史，这 apple cider 当然不在话下。

"那天你和我同坐了两部飞机,为何不承认?"我放下杯子,突然问道。连我自己都吃了一惊,简直是下意识地冲口而出。

他在给我添加 apple cider,没有回答我。待他重新坐下后,我又问了一遍。

"那天你和我同坐了两部飞机,为何不承认?"我盯着他的眼睛,他却把目光移开了。

"你不承认,成了悬念。这个悬念会留在我的脑子里骚扰我。我想不明白,你为什么不承认?"

他的眸子突然湿润。

我冲动地伸手抚在他的脸上,似要阻止他流泪。他的面孔并不像看上去那么光滑,有刮过胡子的毛糙触感。

他的脸因为我的抚摸而微微发红,他把椅子移开一些,于是我也把椅子移开一些。

"对不起,我……我……"我道歉,无地自容,不由得双手捂住脸。

"不……不是这个意思。"他拉开我的手对着我摇头。

他看着我,因为距离切近而有压迫感。他的眸子深蓝接近黑色,像刀削出来的锋利的鼻梁,让我生气的冰冷的气质,其实也在吸引我。

"你很像我的女朋友,我今年三十九岁,她比我年长三岁……"

跟我同年,竟然!我在心里说。

"是的，你们同年。"他就像听到我的心声，虽然不像先前那么令人吃惊，但还是把我吓了一跳，"十年前那次车祸，她坐在副驾驶座上，她死了。我第一次看见你时，我以为看见她了，你们的五官很像，当然现在的你比当时的她年长十岁。如果她活着，也会跟你一样，眼梢有了鱼尾纹，但脸型不会变，五官也不会变，亚洲人看起来总是这么年轻。连你穿的黑色连帽T恤都和她一样。出车祸那天我们也是穿黑色T恤，我和她穿得一样，只是尺码不同……"

他看着我的眼神令我害怕，他是在看他去世的女友。这天晚上他仍然穿着黑色T恤，那场车祸以后，他不再穿其他颜色其他款式的T恤？

我也仍然穿着黑色薄绒连帽T恤，我有两件同款黑色连帽T恤。当时这个牌子在打折，买两件可以打更低的折。而我的确也很喜欢冬天在有暖气的室内穿黑色连帽T恤。

"你们有相同的习惯，她跟你一样在飞机上要喝大量的温水，并且只喝低因咖啡。在飞机上和你并肩坐，我很崩溃，我吞了镇静剂，让自己处于半睡中，这时候的幻觉更强烈，但我没有让自己沉浸太久。飞行进入夜晚，机上关灯，最安静的时候，我开始做静功，驱除了杂念……那时你好像睡着了。我看着你的脸，能看到你的前史……其实，这过程很消耗我自己的精气神……我希望知道你的故事，这样，我才会把你和我的女朋友完全分离。"

就像隔着屏幕，我没法把他的话当真，或者说，我好像在梦中，无论发生什么荒唐事，都能接受。

百叶窗未拉下，窗外黯淡的路灯照亮了一片枯黄和新绿相间、形成坡地的草坪，散落在草坪四周的小楼房，楼房前碎石铺就的车道，似乎浮着一层水泽，闪着微弱的光亮。这个看起来平淡无奇的小镇，却有着难以估量的能量，人们带着奇幻经历在此找同道中人，我也成了其中一员。

他双手搁在桌上，眼睛看着我旁边，好像我身边也坐着人，这使他说话的语气更像是在interview。

"是我飙车害死她。她死后我才像醒过来一样，戒去了所有的恶习。我看了很长时间的心理医生，仍然无法让自己平静。一次偶然的机会，我读到林语堂的《苏东坡传》。太喜欢这本书了！因为喜爱苏东坡，才去看道学方面的书。为了接近中国道家文化，我去台湾学中文待了五年，又去北京待了两年，之后便中国、美国两头跑。我在台湾结识了道学大师，所以经常去台湾。也是因为朋友介绍，去年来到这里……"

他的述说越来越有逻辑，我回到现实中"李小妹"角色。终于，飞机上的"罗生门"有了令我满意的解答，不仅满意，是满足，好像这比述说者遇到的悲剧更重要似的。

房间里突然很安静，不知何时，他停下说话。他看着我，他的凝视令我心慌，我必须说些什么……

"对不起，你的故事分量太重，我不敢相信……不是不相信……"我简直语无伦次，无法道清心中的感受，"我需要时间去消化……"

我对自己说,也许回上海以后我才能恢复正常的心理状态,有正确的判断力。

突然肚子饿得慌。

"我想起好像没有吃晚餐,能不能给我做个三明治?"我看着料理台多士炉边上的黑麦面包,问道。

他立刻起身去洗手,然后切面包,切得仔细讲究,先切片,再切去面包片边缘的硬皮,对角切成三角。他有一双清洗得干净过于白皙而略显病态的手,指甲修剪得平整圆润,没有神经质的啃咬痕迹。

"你和冰子谈得来,"我莫名地又提起冰子,像是释放自己的紧张,"你让冰子觉得你会接受她,可你拒绝了!"

邓布利多不响。话题又越界了?

我尴尬时,他回答我了:"我和冰子是朋友,只是朋友,我想,她也是这么认为。"

"好吧,算我多管闲事。"

他放下面包刀,看了我一眼,我被他看得不安。我笑笑,摇摇头。

我应该回我房间了,可是却在等他做三明治,我失去了与人相处时得体的距离。

他从冰箱里拿出一只牛油果,挂橱里拿出小碗,用刀在牛油果中间划一圈,双手一扭,牛油果便一分为二。他用刀插进果核,轻轻一转,果核转了出来,然后用刀沿着果皮将果肉剔下,放入微型榨汁机。他从冰箱里拿出杏仁片和白芝麻放进小烤箱，把面包放进多士炉。接着，他倒了一小勺橄榄油一些海盐和白胡椒在牛油果上，盖上榨汁机，手按着盖子转动几下，牛油果就碾成有颗粒的泥状。

烤热的面包从炉子里跳出来后，他把打碎的牛油果涂在面包上，撒上烤香的杏仁片和白芝麻，盖上另一片面包。

他做了两套三明治，分别放在两只白色瓷盘里，其中一盘端到我面前。

"想喝什么？"

未等我回答，他从挂橱里拿出两只玻璃杯，从冰箱里拿出一瓶健怡可乐，分别倒进两只杯子，杯里放了少量冰块。

"怎么知道我喜欢三明治配冰可乐？"我笑问。

他深深地看着我，欲言又止。我明白了，这也是他女友的爱好。想到那个和我相似的女性已不在人世，喉头突然涌上哽咽。我立刻起身去水池边洗手，借着水龙头的水声，我咽下了哽咽声。

回到座位，我拿起三明治咬了满满一口。在他有条不紊地操作时，我已经预知这三明治一定不会让我失望。

他拿起他的那份三明治，询问地看我一眼，我朝他点点头，想说感谢话，但嘴里被食物填满。

我们默默地吃着三明治，就着冰可乐……我想起飞机上，当我吃吃喝喝时，他端然而坐，眼睛直视前方，他让我觉得自己是个饕餮之徒。我想把那一刻的感受告诉他，但又觉得不说为妙。此时空气充满张力，仿佛一触即发。我不得不打破沉默。

"谢谢你告诉我实情，否则我带着疑问回上海，心里还生着你的气，因为飞机上你的'冷漠'，当然我现在才明白原因……"

我回到自己房间时，已是清晨五点，晨曦染白窗玻璃。我拉上窗帘，很快天大亮，窗帘好像变薄了。这一年的农历春节在二月初，我来苏格兰时刚过了春节，天开始昼长夜短。

我躺在床上翻来覆去，服了安眠药仍然难以入睡，心绪仍在动荡中。

吃完三明治，我和他一起收拾桌子，他把所有的杯子盘子放进洗碗机，桌子擦得一干二净。我觉得该离开了，于是我提出告别。我们一起站起身，我们面对面，有两三秒钟，我们各自处在茫然的等待中。

"第一天到达时在雷鸣房间我们又见面了，一时间的冲动，我想拥抱你……"

他突然说道。我当然记得那个拥抱，他离开雷鸣套间时一一拥抱我们，先拥抱了雷鸣和冰子，然后拥抱我。我紧紧贴住他的身体，就像在机场拥抱萧东，那是我报复性的挑逗。那个瞬间我觉得他的身体在微微战栗，但我以为是我自己的错觉。

"你的拥抱太性感，那几天去生态村，是我在逃避……"

我思绪紊乱，记不得是否回应他的话了，只记得我自己开门，逃也似的离开，仿佛再停留一秒钟，我们的关系就会突变。

我告诉自己，我不是他的女朋友，我只是很像他的女朋友。然而，我仍然像被设置了另外一个角色，我离开邓布利多房间时突然对他充满爱意和怜悯，仿佛那位去世的女性未竟的爱情令我感情丰沛。但理智告诉我，这是幻觉。

我在床上辗转反侧，现实变得眼花缭乱，似梦非梦，犹如在二点五次元。回想起来，在F镇的一个多星期，我已经遭遇了不止一两次似梦非梦的境遇。只是这一次，有了情感的分量。

无论如何，当邓布利多拿去面具时，只是一个脆弱的、需要服药的病人。然而，短短的几个小时，不，从飞机上就开始了，他和我之间产生了深切的关联。

二十六

我被敲门声惊醒，此时是午后一点。我愣了两秒钟，才想起我早晨吃过一颗安定，之后睡到现在，至少睡了五个小时。

我起床从猫眼里看到雷鸣站在门外。

"怎么啦？冰子好吗？"我打开门便问。

雷鸣笑了："我说嘛，你们两人吵归吵，却互相牵挂。是冰子让我来敲门，担心你怎么还不起床。"

"说不定我出门了呢?"

"我们去你窗下看了,窗帘还拉着。快刷牙,冰子在准备午饭,给你烤了三文鱼。"

"她已经恢复了吗?还是应该去一下医院检查,怎么会突然休克?"

"她说以前也有过,和前夫吵架太激烈时会休克,好像和植物神经有关,不是器质性的。"

显然雷鸣是在复述冰子的话,什么"植物神经",什么"器质性",这是医生嘴里的语词。我为冰子遗憾,她竟然不再从医。

雷鸣陪我刷牙洗脸,在我边上唠叨着,说服我与冰子讲和。

"我们已经吵了无数次嘴,这一次是她反应特别强烈。"

"主要是那些老外谴责她,她一下子受不了舆论压力……"

我沉浸在自己的心情中,没有去听雷鸣的唠叨。雷鸣对我难得这么安静听她说话很是满足。

我洗刷完毕,跟着雷鸣回她的套间,冰子正在布置饭桌。

"早上好!"我进门便对冰子招呼。

她笑了:"现在已经下午。"

套间突然显得冷清,我才想起雷鸣的丈夫和弟弟今天回伦敦。

"戴维和雷霆什么时候走的?"我问雷鸣。

"刚走不久,总算走了!雷霆生物钟跟我们不一样,我们三人都没有休息好。"

"雷鸣说你明天就走?"冰子问我。

"你不是也要走吗?"我反问她。

我为自己无法和颜悦色说话而遗憾,我相信邓布利多的女友绝不会像我这般对朋友说话总是语气生硬。我此时的心绪仍然还在他身上。

"我比你晚走几天,明天我和雷鸣送你去机场。"

我说了一声"谢谢",和冰子之间就算讲和了。她没有说"对不起",我也没有说"对不起"。反正,我们没法像老外那样,把"对不起"挂在嘴上。

我因为心不在焉,才没有在意我和冰子之间的尴尬。

这天下午晚些时候,雷鸣带我俩去生态农场,参加他们结束冬季的庆祝派对。生态农场这对夫妇属于梅森会成员。雷鸣说,梅森会的派对只对梅森会员开放,通常不邀请外人参加。这对夫妇把雷鸣当作好朋友才会邀请她。"这正是我们感受不同文化的机会。"雷鸣说这类大道理,无比娴熟,可以张口就来。

冰子并不想参加这类活动,见我同意去,便也同意了。在我的要求下,冰子开她的车子去,我说我实在不放心雷鸣的驾驶技术。

雷鸣坐副驾驶座,我正可以坐后座想想自己的心事。

我问起冰子的车子是否转手,她说可能会转给拉吉万,因为斯老师不希望有车子的负担。

说到拉吉万,冰子踌躇了两分钟。

"不要笑我，我和拉吉万睡了。我和印度人有缘，前面那个外遇也是印度人。"

"这个不算外遇，你已经离婚了。"

我的回答让冰子意外，她从后视镜看我，我脸上并无讥讽。

"那么，你回美国以后怎么办？"雷鸣问冰子，问得认真。

雷鸣虽然办事没条理，各种不靠谱，却是个忠诚的妻子，一辈子只有两个男人，前任和现任。

"one night stand 不会有什么后续！"冰子回答雷鸣，又从后视镜瞥我一眼，回答我的话，"是的，我总是忘记，我已经是自由身，这不是外遇，我可以 anytime 找男人。"

我想起昨晚她休克时，拉吉万的焦灼样。也许，拉吉万并不认为是一夜情？但我没有发问，这不关我的事。

"你要求高，不是 anytime 可以找到。"这是雷鸣的看法。

"要求高吗？不是连印度人都睡了？"冰子反问。

"印度人怎么了？人家是诗人。"我忍不住怼冰子，"前一个印度人也不是平庸之辈，职业是医生不是吗？所以，你骨子里是个种族主义者。"

冰子竟然笑起来："看到你怼我，我放心了。要是你客客气气的，我觉得很假。"

"这个必须怼！"我虽然笑答，并没有对她客气，"我口口声声说自己是种族主义者，但我骨子里没有你那么种族歧视！"

"是的，骨子里各种歧视。阶级歧视、成败歧视，可能你自己都没有意识到。"

这句话是雷鸣说的。不仅冰子，连我都愣住了。雷鸣很少针尖对麦芒，没想到她一露锋芒也是相当犀利的。

冰子脸上快挂不住了。

我打起圆场："关于歧视，应该承认我们每个人或多或少都有，但冰子至少不会像我这么不知羞耻说出来。文明社会，虚伪好过粗暴，种族歧视这种话我也只是在我们三个人中间开玩笑说说而已，我怎么敢在西方公开说这种话？这差不多是当众脱裤子。"

最后这句话总算把她俩逗笑。此时响起雷声，跟着暴雨倾盆。

车子已经离开高速公路开上通往农场的山路。雨大到挡风玻璃前一片白茫茫，雨刷的频率跟不上骤雨的急切。冰子不得不把车子停到路边一间废弃的大仓房门口。

虽然雷鸣强调，苏格兰高地的天气是孩儿脸一日变三变，但冰子提出异议，假如参加完派对回来，天已经黑了，那时遇上暴雨会很危险。

我们在车里讨论了一会儿，考虑到回来路上的安全，雷鸣同意放弃傍晚的活动。她立刻给农场主发了短信。

雨来得快去得也快。不用赶着去农场，我们索性下车进仓房。

仓房黑漆漆的。我们没敢进去，在门口张望了一会儿。仓房里有一些损坏的农具，破损的瓦罐里长出植物，墙上爬着大蜘蛛，如同手掌大的蜘蛛，把我吓坏了。

"说不定还躲着个把鬼！"我尖叫，第一个逃回车子。

冰子紧随我后面进车，她说她更害怕仓房空气有毒。

雷鸣比我们慢一拍回到车里。只见她脸色煞白，说她看到仓房墙上晃动着一个人影。

冰子吓得赶紧发动引擎。当车子开动时，我们一起笑起来，神经质的笑声，带着受惊后的刺激感。

我想起村上春树的小说《烧仓房》，这篇小说我看了好几遍，我并非在追问其意义——那个在意念中烧了几十间废弃仓房的角色——而是被其中蕴含的超现实的意味吸引。

这天夜晚，由我主厨。戴维和雷霆到来那天，我在东方超市买的菜还没有机会做。

我心里已经有了菜单：咖喱牛肉土豆、油爆虾、萝卜鸡汤、蘑菇炖豆腐、白菜肉丝炒年糕……除了凉拌香菜黄瓜这道凉菜，几乎每道菜都有荤。因为冰子告诉我，她决定这个晚上开荤。

"你那天随口说的话，让我震动。你说，到了我们这个年龄，很少有机会发生爱的故事，如果在吃上面还给自己禁忌，人生还有什么乐趣？所以不想吃素了。"

这大概是我来 F 镇最有成就感的一件事。

雷鸣建议去把邓老师和拉吉万一起叫来聚餐。我暗想，这正遂我和冰子的愿望。

然而，邓布利多是素食者，我得为他再准备两种素食。我问冰子有什么建议,冰子先是表示意外,她认为我讨厌邓老师,不会特意为他准备素食。然后告诉我,素食者有不同类型,邓老师是乳蛋素食者,也就是可以吃鸡蛋牛奶,因此建议我给他做一个番茄炒蛋,把白菜肉丝年糕改为白菜香菇丝炒年糕。

难搞的是拉吉万,他是全素主义者。冰子建议给他做个咖喱炖杂菜。雷鸣的冰箱里,除了土豆白菜,再也翻不出其他蔬菜。冰子因此开车去了一趟东方超市,买来西兰花、红辣椒、豆腐、番茄、蘑菇和其他绿叶菜。这锅杂菜就交给冰子,由她负责洗、切、煮。

看冰子为拉吉万准备杂菜锅的积极态度,我很难相信,她和拉吉万以后不会再发展。在这类关系中,冰子的情商远不如她的智商。她还有一星期才离开F镇,如果回美国后很难立刻再来英国,她应该控制和拉吉万的关系发展。

我不想对这件事多嘴,这是她的私生活,我和冰子的关系还在修补中,保持距离很重要。

再说,我有自己的困惑,今晚将见到邓布利多,我还不知道该用什么姿态面对他。

两位男士答应雷鸣七点左右下来。他们到来之前,我把做好的菜肴都放进烤箱保温,去房间换了衣服。我特地脱下黑色薄绒T恤,换上深灰色羊绒高领套衫,并化了淡妆。

七点整,两位男士准时出现。雷鸣和冰子在布置餐桌,我开门迎接他俩。我看到邓布利多面对我时,脸上瞬间的迷惑。

他看到了另一个"我"，不穿黑色T恤时的"我"。这时候的"我"不再是他熟悉的身影，而令他意外。

拉吉万不喝酒却带来一瓶白葡萄酒。邓布利多带来起司蛋糕，他本人却不吃甜食。酒和蛋糕是得雷鸣授命。当他们问雷鸣带什么东西参加聚餐，雷鸣便给他们分配任务。雷鸣不会假客气。

因此，夜晚聚餐，更像是满足我们三人饕餮：没有忌口，胃口超好。并且，这瓶酒属于我们三人。我们酒量并不好，酒瓶的酒还有一半，我们已经在半醉状态，比两位男士亢奋太多。

也许，更加亢奋的是冰子和雷鸣。冰子并不怎么掩饰和拉吉万的亲密关系，她告诉拉吉万，这锅咖喱炖杂菜是她做的，并特地去了一趟东方超市。这让拉吉万有受宠若惊的感觉。他偷偷告诉我，他以为冰子是个很骄傲的女人，是需要男人为她付出的女人。他并不知道，冰子已经把他俩的床上关系公布给我和雷鸣。

我和邓布利多互不搭话，偶尔目光相撞，我有些心悸，好像与他会有故事发生似的，心里又明白，这是最不该发生的故事。

冰子很快发现我和邓老师之间的拘谨，她以为我仍然非常在意他不承认与我同一航班这件事。她端起摆放在餐桌中间的番茄炒蛋放到邓布利多面前告诉他："这是李小妹特地为你做的菜。"然后指着炒年糕说，"为了你，李小妹把炒年糕里的灵魂配菜——肉丝,换成了香菇丝。"

冰子把肉丝形容成"灵魂配菜"令我失笑,邓老师的眸子里也有了一丝笑意,他向我道谢,却很快把话题转到了冰子身上。他说他非常吃惊冰子竟然破戒吃上了荤菜。冰子用英语告诉他——多半是为了让拉吉万也能加入对话——她并非出于宗教原因吃素,所以任何时候她都可以重新开荤。重要的是,她突然发现,她应该给自己更多生的乐趣,也许快乐比所谓健康食物更重要。

"总之,不再给自己任何禁忌!"她又用汉语说了一遍。

雷鸣并不同意冰子的说法,她认为,有些禁忌是为了维护精神上的纯洁,比如出于宗教原因的素食主义。她指着拉吉万对冰子说:"他有信仰,所以他很快乐,你看他的眼睛都在笑!"

这种时候,我觉得雷鸣特别扫兴。

"我想,他是因为得到一个女人的照顾而感到快乐。"我用我们三人才懂的沪语纠正雷鸣。然后又用邓布利多能听懂的国语说道:"宽容和自由,比精神纯洁更重要。"

我好像在寻找途径让邓布利多更懂我,我看到他会意的目光,但同时我又意识到这一瞬间很快将成为回忆。毕竟,明天我就离开了。冰子把我这句话翻译给拉吉万,拉吉万过来和我握手,他说他非常认同。

邓布利多显而易见的沉郁让雷鸣认为,是我对他的偏见,让他有了戒备。

"我今天根本没有提飞机上的事。"我辩解。

"不过,人一多,他的话就少。"雷鸣又说。

"五个人怎么能算多?不能怪李小妹,邓老师今天看起来特别古怪,好像有心事。"冰子说。

我们三个人用自己的家乡方言在嘀咕。

这个夜晚,冰子的开荤令我在心里与她真正和解。第一次,我和她之间不再有任何龃龉。然而,我忘记自己对葡萄酒过敏,晚餐未结束我开始头痛,并且愈来愈痛。未等两位男士离去,我便去雷鸣的床上躺着。

我想躺一会儿,却睡到了天亮。

我到达航班登机口,那里已经开始登机。

登机口的候机座位空空如也,唯有一个熟悉的背影,穿着黑色连帽T恤,就像荷兰机场的情景复现。

我在他身边的椅子坐下,他转脸看我。不,他不是邓布利多,我认错人了。我尴尬起身,朝登机口走去,我听到背后有人唤我,转身看到邓布利多。

"我刚才看到你,却不是你。"

我在自己逻辑混乱的讲话声里醒来。我已经睡在我上海家的床上。此刻是北京时间晚上十点,丈夫在客厅看电视,我倒时差,傍晚就睡了。

邓布利多没有和我告别让我失落。在F镇最后一晚,我因为葡萄酒过敏先睡了,我以为次日离开前,他会来和我说

"再见"。

我的脸颊湿了。那个被车祸带走、跟我一样喝低因咖啡穿黑色连帽T恤的女生，也成了我的人生阴影。我在为她的男友悲伤，当天人两隔，所有的懊悔都已经迟了。人生中没有比懊悔更令人痛苦的情感。

丈夫摸黑进房间，他以为我还在睡。我擦干泪痕，开亮台灯。

我和丈夫半卧在床，我说过要给他讲述苏格兰之行。

我从最后一幕开始讲述。

我的航班在傍晚。冰子开车，和雷鸣一起送我去因弗内斯机场，我将飞往伦敦机场，从那里转机去上海。

在去机场途中，雷鸣坚持让我们到外星人降落的 power point 看一眼。

无论我和冰子多么不愿意相信有外星人这回事，仍然顺从了雷鸣，毕竟她是东道主，我们还没有找到更好的方式感谢她。

在 power point 附近，我们的目光被一根石柱吸引，石柱像从地里长出来，直冲云霄。

有一群人，十位左右，围着石柱低着头双手合十，在祈愿。

我们的车子停下，为了不打扰他们，我们没有下车。

"每天都有人来祈愿。"雷鸣说，"这根石柱是陨石，人们常来这里对着陨石祈愿，据说很灵验。"

围着石柱祈愿的这群人，开始变换姿势，绕着石柱顺时针排队而行，仍然保持低头双手合十，围着石柱行了三圈。

待他们离开，我们下车，走向石柱。

"既然来了，想不想祈愿？"雷鸣问。

"祈愿什么？"冰子蹙起眉尖。

"祈愿2012年地球不要毁灭。"我半真半假。

"这么大的愿望，祈愿一次够吗？"冰子不以为然。

"不在于次数，在于是否有虔诚的心。"雷鸣较真了。

我和冰子互看一眼，微微摇头，表示我们不够虔诚。

不过，我在石柱旁对雷鸣做了许诺，如果2012年地球还在，我会再来F镇。于是，冰子也许诺了，她希望2012年与我同一天到达爱丁堡机场，她想见识一下长途巴士站的铁铸长凳。雷鸣笑了，她那双靠向鼻梁的黑眸似乎闪出了泪花。

power point，也就是"能量点"，是一个巨石群，像一大片由石头堆砌的遗址。这些巨石按高度分级，东北面的石头较低，西南面的石头较高，不同颜色的石头被仔细交错搭配，石头平面有抽象图案。

雷鸣让我们注意在巨石群周围，有UFO起落时的飞沙走石。石英卵石嵌在草地里，有些卵石表面被刻上了字母，是一些古英语单词，比如，drem（梦），ban（骨头）……有些卵石被排成某种符号或图腾。

在这片充满异类物质的地方，无论我还是冰子，都闭上嘴，虽有怀疑但更多是敬畏……

这个尾声太像电影画面，吸引爱看科幻电影的丈夫。

然后我从荷兰机场开始，向丈夫描述这一趟通往魔法之地的旅行。奇怪的是，当我讲述时，好像在讲述一个虚构的故事，我与我经历的这一切产生了距离。

一本书打开一个世界

欢迎订购、合作

订购电话：0571-85153371

服务热线：0571-85152727

| KEY-可以文化 | 浙江文艺出版社 | 京东自营店 |

关注KEY-可以文化、浙江文艺出版社公众号，及浙江文艺出版社京东自营店，随时获取最新图书资讯，享受最优购书福利以及意想不到的作家惊喜